Mosaïque

Frédéric Sirot

Mosaïque

Recueil de nouvelles

Leseditionskark.com
13 rue pierreuse
72170 Ségrie
0642402160

Dépôt Légal septembre 2021
© LEK – FrédéricSirotseptembre2021
ISBN : 978-2-492248-15-3
Illustration : Florence Brichau-Prado
Correction : Corine Sogurson
Images : Pixabay / Istock

« La logique vous mènera d'un point A à un point B.
L'imaginaire vous mènera partout »
Albert EINSTEIN

Voici onze nouvelles toutes différentes, issues de mes humeurs vagabondes. Chacune d'elle m'a été inspirée par des rencontres, des objets ou des articles. L'imaginaire a fait le reste.

Ainsi, les trois premiers textes me sont venus lors de périodes de Noël, propices au repli sur soi. Trois contes de Noël sans prétention, mais qui font du bien à l'âme.

Dans le genre fantastique, mon terrain de jeu favori, la première nouvelle me fut inspirée par ces monolithes qui se dressent sur le littoral des mers celtes. Leur pouvoir magique est sans conteste la raison de leur présence. Avec « le messager de Linor » je vous projette dans des univers parallèles largement commentés dans les magazines spécialisés. « Town War 2.0 » vous entraîne dans le monde des jeux vidéo, mais avec des avatars qui prennent forme dans le monde réel. Quant à « loin des yeux », elle nous fait découvrir un monde futuriste qui a oublié d'être bienveillant.

Je ne dédaigne pas écrire des textes plus contemporains, ancrés dans la vraie vie. « Si j'avais su » raconte la descente aux enfers d'un jeune homme de vingt ans. « Jeu » est une petite romance de saint Valentin, je n'en dis pas plus…La dernière nouvelle de ce recueil m'a largement été inspirée par de nombreuses discussions que j'ai eues avec un vrai mineur de fond. Cette histoire, certes romancée, rend hommage à ces hommes qui ont exercé un métier difficile, mais plein d'humanité.

A vous cher(e)s lecteur(trice)s, de picorer, au gré de vos envies, ces textes qui j'espère vous donneront autant de plaisir à lire que moi à les écrire.

Contes de Noël

La lanterne de Lison

Une épaisse couche de neige avait recouvert la campagne, même les bruits des pas se faisaient discrets pour ne pas déranger la nature au repos. Les arbres dépouillés bordant la ferme, dressaient fièrement leurs épaisses branches comme autant de soldats au garde à vous.

La petite Marie-Louise, que tout le monde appelait « Lison », sortait de l'étable où elle avait expédié ses dernières corvées et se dépêchait de rentrer pour retrouver la chaleur du feu de cheminée. Poules, canards, cochons avaient reçu leur ration hivernale. Lison avait même forcé la dose : « Pour Noël » avait-elle pensé.

Après avoir ôté son manteau avec l'agilité d'un chat, elle alluma une petite lanterne qu'elle déposa précieusement sur le rebord de la fenêtre. Puis, songeuse, elle fixa la campagne endormie. La nuit allait envelopper les champs recouverts de neige. Cependant, la luminosité restait encore suffisante et Lison écarquilla les yeux, forçant son regard sur les alentours. Rien ne bougeait, pas même un lapin ne venait troubler le calme hivernal.

La maison embaumait la dinde aux marrons et la cannelle de la tarte aux pommes. La grande table en chêne s'était parée de ses plus beaux atours : le service en porcelaine de grand-mère. L'oncle Jean et la tante Louise venaient d'arriver et ils s'apprêtaient à fêter

Noël, modestement comme le faisaient les familles paysannes en 1918.

— Ne t'en fais pas, il viendra, lui dit sa mère rassurante.

— Oui, mais il faut qu'il trouve le chemin de la maison, répondit la petite fille.

— Viens te mettre à table, Lison, lui ordonna son père. N'es-tu pas pressée d'ouvrir ton cadeau ?

— Si, si ! dit-elle avec un enthousiasme feint.

Marie-Louise était une petite fille comme les autres. Elle aimait s'amuser, s'inventer des histoires avec le peu de jouets qu'elle avait. Mais cette année, ses parents avaient épargné sou après sou pour lui offrir cette belle poupée qu'elle admirait le nez collé à la vitrine de l'unique magasin du village.

Marie-Louise fut émerveillée lorsqu'elle découvrit que le grand paquet au pied du sapin contenait l'objet qu'elle convoitait depuis longtemps. Pourtant, son bonheur n'était pas complet. Bien sûr, ce magnifique cadeau la comblait, néanmoins il manquait quelque chose, ou plus exactement quelqu'un. Alors, tenant la poupée serrée dans ses bras, elle se rapprocha de la fenêtre où luisait encore la petite lanterne. Elle scruta de nouveau la campagne éclairée par un croissant de lune et l'immobilité glaciale lui fit perdre tout espoir.

La tristesse de la petite fille n'échappa pas à sa mère qui s'approcha d'elle et lui dit d'une voix douce.

— Je te promets qu'il viendra.

— Tu es sûre, maman, qu'il trouvera son chemin dans le noir ?

— Mais tu sais, il peut voir dans la nuit, comme les chats. Il trouvera notre maison, j'en suis sûre.

Rassurée, la petite fille retourna à table. La dinde aux marrons était servie, tout le monde mangeait avec appétit et les discussions allaient bon train. La guerre se terminait, l'armistice venait d'être signé et tous avaient espoir que la paix était enfin revenue.

La soirée de Noël se passa agréablement. Le dîner était copieux et le repas joyeux. Le vin de la cave de son père coulait en abondance, déliant les langues des uns et des autres.

Le sommeil gagna la fillette, ses paupières s'alourdirent et, tenant sa poupée dans ses bras, elle commença à s'endormir dans le fauteuil près de la cheminée. Dans un geste d'une infinie douceur, sa mère la prit dans ses bras pour l'emmener au lit. Marie-Louise s'endormit comme le font les enfants de cet âge ; simplement, tranquillement.

*

Une agitation inhabituelle réveilla Lison encore blottie dans son lit douillet, elle entendait des voix feutrées provenant du rez-de-chaussée.

Poussée par la curiosité, Lison sortit de son lit, chaussa ses pantoufles et s'approcha de l'escalier. Plus elle avançait, plus elle entendait distinctement la discussion qui se déroulait dans la cuisine.

Lison descendit doucement et vit d'abord son père et sa mère qui se tenaient devant un homme grand, vêtu d'un uniforme de soldat. Elle avait vu tellement d'images de la guerre dans les journaux et à l'école que la petite fille n'eut aucune difficulté à reconnaître un « poilu » comme on les appelait.

Le visage de ses parents était transformé, la gaieté d'avant était revenue, son père se tenait avec fierté devant ce soldat.

— Tu es arrivé quand ? demandait-il

— Euh…

— Assieds-toi et mange un morceau, ordonnait sa mère.

— Euh oui…

— Tu as fait tout ce chemin à pied depuis Tours ? Tu dois être fatigué.

— Eh bien…

Le grand soldat debout dans son uniforme un peu râpé que Lison voyait de dos n'arrivait pas à répondre. À chaque tentative, seul un « euh » ou un « eh bien » sortait, coupé par une autre question.

Plus Lison s'approchait, plus le soldat lui rappelait quelqu'un. Quelqu'un qu'elle n'avait pas vu depuis longtemps. Une marche craqua et le soldat se retourna. Immédiatement, la petite fille reconnut le beau jeune homme qui la regardait :

— Pierre ! s'exclama Lison en se jetant dans les bras de son grand frère.

— Marie-Louise ! dit-il les yeux pleins de tendresse.

— Comme je suis contente que tu aies retrouvé le chemin de la maison ! dit la petite fille.

— C'est grâce à toi, Lison.

— J'ai tenu ma promesse, Pierre. Tous les soirs depuis ton départ, j'ai allumé la lanterne et je l'ai placée à la fenêtre qui donne sur la lande.

— Ah ça, c'est vrai ! dit sa mère. Elle n'a pas manqué un seul jour.

— Je vous répète… c'est grâce à Lison si je suis là aujourd'hui.

Intrigué par les propos insistants de Pierre, tout le monde resta figé et Pierre reprit :

— Je vais vous raconter l'aventure extraordinaire qui m'est arrivée. Un soir, je fus désigné avec un camarade pour partir en reconnaissance vers les lignes ennemies. Notre mission consistait à nous approcher au plus près des positions allemandes pour repérer leurs défenses et revenir avec le maximum d'informations. Les conditions étaient parfaites pour cette mission, le temps était calme, la nuit sans lune. Alphonse et moi avons quitté notre tranchée en rampant dans la boue, sans faire un seul bruit, car nous savions que notre vie en dépendait. Au bout d'une heure de progression lente, nous sommes arrivés près des lignes allemandes, peu gardées. Un seul soldat dormait accroupi dans la tranchée. Nous avons relevé en silence les différentes informations demandées avant de retourner rapidement parmi les nôtres…

L'idée que leur fils se soit mis ainsi en danger, fit perdre le sourire des parents de Lison, mais Pierre poursuivit.

— … mais, lorsque nous avons amorcé notre retour vers la direction approximative de nos lignes, un mur noir se dressait devant nous. Pas un seul point de repère. Je ne voyais même pas mes mains dans la boue. Nous étions comme enveloppés par une obscurité oppressante et je ne savais plus où me diriger. J'entendais bien le son visqueux du déplacement d'Alphonse dans la boue, mais il nous était impossible de parler, nous étions trop proches des lignes ennemies. C'est à ce moment-là que j'ai vraiment eu peur, non pas du noir, mais de me perdre, de me retrouver aux pieds d'un ennemi et de mourir sans pouvoir me défendre. J'étais pétrifié, je ne savais plus quoi faire, avancer ou attendre l'aube, dans les deux cas nous risquions de nous faire repérer.

— Mon pauvre enfant ! s'exclama sa mère les yeux au bord des larmes.

— Qu'avez-vous fait après ? reprit Lison que l'histoire excitait.

— J'étais à bout de force, complètement perdu, presque résolu à attendre le lever du jour et me laisser tirer comme un canard. Dans le froid et l'humidité, mon esprit se mit à divaguer, il me fit revivre les moments heureux ici, avec vous. Je me revoyais avec Lison, allumer la petite lanterne et la poser sur le rebord de la fenêtre. La lanterne…, j'avais demandé à Lison de l'allumer tous les soirs pour me permettre de retrouver le chemin de la maison, et surtout pour que ce geste l'aide à supporter mon départ.

Visiblement ému par ce souvenir, Pierre marqua un temps d'arrêt et reprit.

— Puis mon esprit retrouva la réalité, toujours aussi désespérante, mais cette fois, en ouvrant les yeux, je vis une lueur vacillante sur ma gauche. Je fis comprendre à Alphonse qu'il fallait nous mettre en route vers cette lueur, persuadé qu'elle représentait notre salut. Je ne sais pas comment nous avons trouvé la force de ramper, mais au bout d'une demi-heure, j'entendis la voix amicale d'un camarade : « C'est vous les gars ! » Il nous tira sans ménagement pour nous mettre à l'abri dans la tranchée. Après un peu de repos et une boisson chaude, je remerciai mes camarades d'avoir allumé une lampe pour nous aider à revenir. Mais, tous me confirmèrent qu'ils n'avaient allumé aucune lampe, c'était formellement interdit pas le commandement sous peine de graves sanctions. Alphonse me dit qu'il n'avait pas vu la moindre lueur, qu'il avait suivi le son de mon déplacement dans la boue. Nous étions en rase campagne, il n'y avait aucune habitation aux alentours pour produire une lueur quelconque. C'est à ce moment-là que j'ai compris que le halo de lumière qui nous avait sauvés provenait de la petite lanterne de Lison. Je suis persuadé que si elle n'avait pas allumé cette lampe je ne serais pas avec vous ce matin de Noël.

Lison serra son grand frère dans ses bras et toute la famille enfin réunie passa des fêtes de Noël dont ils se souviendraient toujours.

*

Par quel enchantement la petite lanterne de Lison avait-elle pu sauver la vie de deux pauvres poilus ? Nul ne le sait. Mais, toute sa vie, Lison garda ce rituel auquel rien ne pouvait la soustraire. Chaque soir, elle allumait une petite lanterne qu'elle posait sur le bord de la fenêtre pour que tous les frères et les fils perdus dans le monde retrouvent le chemin de leurs maisons où attendent ceux qui les aiment.

A chacun son ange

La salle d'attente des urgences de l'hôpital saint Vincent de Brest était austère comme toutes les salles d'attente, surtout celles des hôpitaux : sol blanc, murs blancs couverts de posters pour des campagnes de prévention souvent d'un autre temps.

Chloé tenait sa petite sœur Luna serrée contre elle, comme pour la protéger de toute l'agitation qui régnait autour d'elles. Les deux fillettes, à peine âgées de onze et huit ans, attendaient des nouvelles de leur mère qui avait été admise dans l'après-midi. L'anxiété marquait le visage de Chloé, car elle avait remarqué la fatigue qui alourdissait les traits de sa mère. Depuis quelques jours, ses gestes semblaient ralentis, sans entrain et surtout, elle avait perdu son sourire.

Chloé se rappelait que c'était ici dans cette salle d'attente des urgences qu'elle avait appris la mort de son père, deux ans auparavant à la suite d'un accident de la route. Ce jour-là, leur vie avait basculé dans la souffrance et le chagrin, leurs journées n'étaient plus que solitude et peine refoulée.

— Avez-vous faim les filles ? demanda une infirmière qui avait pitié d'elles.

— Non merci madame, répondit poliment Chloé.

— Ne vous en faites pas, ça va aller, le médecin va bientôt s'occuper de votre maman.

L'infirmière essayait d'être rassurante, mais cela ne fonctionnait pas, Chloé était trop inquiète. Sa sœur Luna et elle n'avaient que leur mère. Leurs grands-parents paternels étaient morts peu de temps après le décès de leur fils dont ils n'avaient pas supporté la disparition. Quant à ses grands-parents maternels, Chloé avait vaguement entendu parler d'une dispute au sujet de l'arrêt des études de sa mère.

Le service des urgences était débordé en ce 23 décembre, les fillettes voyaient régulièrement passer des civières poussées par des pompiers ou des médecins du SAMU.

Probablement des accidents de la circulation, comme toujours au moment des fêtes, se dit Chloé en frissonnant. *Comme si les gens attendaient cette période pour avoir des accidents.*

— Je dois faire pipi, murmura Luna à l'oreille de sa sœur.

Chloé émergea de ses pensées funestes et repéra les pictogrammes indiquant les toilettes sur une des portes de la salle d'attente.

— Regarde, c'est là-bas. Tu sauras y aller seule ? Je veux être là pour le docteur, dit-elle avec douceur.

— Oui, répondit Luna un peu hésitante.

La fillette se dirigea vers le lieu indiqué par sa sœur qui la suivait du regard.

Chloé n'avait pas remarqué la vieille dame assise en face d'elle qui la regardait avec intensité. Habillée avec élégance, elle avait des cheveux argentés coiffés en chignon. Son allure dégageait une immense tendresse et en même temps forçait le respect. Chloé sentit une douce chaleur l'envahir lorsqu'elle plongea son regard dans le sien. Elle ne s'était pas sentie aussi bien depuis longtemps, d'ailleurs ce regard lui rappelait celui de son père et la fillette réalisa combien il lui manquait.

La sensation de plénitude se transforma en mélancolie et les larmes qui commençaient à brouiller ses yeux furent stoppées par la voix envoûtante de la vieille dame.

— C'est ta petite sœur Luna, n'est-ce pas ? dit-elle en souriant.

— Oui, balbutia Chloé encore troublée.

— Vous ressemblez toutes les deux à votre maman.

— Vous connaissez ma mère ? questionna Chloé intriguée.

— On peut dire ça, répondit-elle.

Un homme au teint mat vêtu d'une blouse blanche surgit dans la salle d'attente, Chloé lut sur le badge « Docteur P. DOUDERAC ». Sa mine grave n'augurait rien de bon.

— Vous êtes les filles de Clémence Romarec ? dit-il en s'adressant à la fillette.

— Oui, répondit Chloé en se levant de sa chaise, le cœur battant à tout rompre.

— Y a-t-il un adulte de votre famille avec vous ?

— Euh non, il n'y a que moi et ma petite sœur Luna, répondit Chloé inquiète.

— Je dois parler à un adulte de la famille, dit le docteur que la situation déstabilisait.

Luna avait rejoint sa sœur et les deux fillettes se tenaient maintenant debout l'une contre l'autre. Chloé ne savait pas quoi répondre à ce docteur qui paraissait intransigeant. Vivant seule avec sa mère et sa sœur, Chloé prenait souvent des responsabilités qui n'étaient pas de son âge et personne ne s'en offusquait.

— Nous n'avons pas de famille ici. Vous pouvez me dire si ma mère va bientôt sortir ?

— Mais vous êtes trop jeunes pour comprendre le problème, faites venir une personne de votre famille, je dois lui parler.

— Mais…s'insurgea Chloé, les mots restèrent coincés dans sa gorge.

Le médecin avait presque quitté la salle d'attente lorsque :

— Docteur Douderac, s'il vous plaît, dit une voix douce, mais ferme qui stoppa net la sortie du médecin.

— Oui… qui êtes-vous ?

— Je suis une amie de Clémence Romarec.

La vieille dame au chignon argenté se tenait maintenant derrière les fillettes les mains posées sur leurs épaules pour les rassurer.

— Je répète, je dois parler à un membre de la famille. Vous n'êtes qu'une amie, je suis désolé, répondit le docteur toujours aussi rigide.

— Docteur Douderac ne soyez pas aussi arc-bouté sur vos sacro-saints principes. Laissez votre amour des autres refaire surface, il y a trop longtemps que vous l'avez enfoui. Pascal… « on ne peut pas soigner les gens si on ne les aime pas ». Tu te souviens de cette phrase ?

— Euh oui, mais…c'était ma mère qui me disait ça souvent, dit le médecin d'une voix presque enfantine.

Les traits du docteur se radoucirent, un sourire se dessina sur ses lèvres. Il se dirigea vers la vieille dame comme hypnotisé par ses paroles.

Comment fait-elle ça ? se demanda Chloé qui n'avait rien manqué de la scène.

— Madame Romarec est arrivée aux urgences avec une tension très basse. Ses analyses sanguines montrent un déséquilibre ionique, consécutif à un état d'épuisement que je qualifierais de profond.

— C'est grave ! demanda Chloé.

— Ce n'est pas cela qui m'inquiète, dit le médecin en regardant Chloé. Nous allons lui donner tout ce qu'il faut pour la « retaper » biologiquement. Par contre, ce qui m'ennuie c'est son manque de combativité, elle semble au bout du rouleau.

— On peut aller la voir ? demanda Chloé.

— Pas pour l'instant, nous lui avons donné un somnifère. Il faut la laisser dormir.

— Bon ! C'est une bonne nouvelle. Merci docteur, nous comptons sur vous pour réparer tout ça ! Le reste on s'en occupe, dit la vieille dame au chignon. Allons manger quelque chose les filles.

Une bonne nouvelle…manger quelque chose… je rêve ! se dit Chloé.

Pourtant, les deux fillettes suivirent la vieille dame vers la cafétéria de l'hôpital. Chloé avait envie de se reposer enfin sur quelqu'un, d'ôter tout ce poids qu'elle avait sur les épaules.

*

Chloé et Luna mangeaient avec appétit sous le regard bienveillant de la dame au chignon. Il était déjà vingt-deux heures, la cafétéria était presque déserte.

— Comment connaissez-vous ma mère ? demanda Chloé.

— Oh désolée ! Je ne me suis pas présentée. Je m'appelle Martha, je connais votre mère depuis son enfance. Nous sommes de vieilles amies, votre maman m'a toujours confié ses joies et ses peines.

— Maman ne m'a jamais parlé de vous, dit Chloé

— En revanche, elle m'a beaucoup parlé de vous. Vous êtes la grande réussite de sa vie, elle vous aime très fort.

— Alors pourquoi elle n'a plus envie de guérir ? dit Chloé.

— Tu sais parfois lorsqu'on est très fatigué, les soucis paraissent insurmontables. Votre maman est toute seule pour affronter tout un tas de problèmes. Sans compter, le chagrin qui a du mal à la quitter.

— Tu crois que maman va guérir, dit Luna.

— Ne vous en faites pas, je suis là maintenant et j'ai une petite idée…finissez de dîner, ensuite vous irez dormir près de votre mère et surtout sans faire de bruit, je l'ai promis à Pascal, enfin au Docteur Douderac…

Une fois le copieux dîner avalé, Martha conduisit les fillettes dans la chambre de leur mère. Deux fauteuils avaient été installés avec des couvertures. Chloé et Luna s'installèrent douillettement, la présence de leur mère, même endormie, les rassura. Martha les embrassa sur le front et elles s'endormirent.

*

Chloé ouvrit les yeux et réalisa qu'elle était dans la chambre de sa mère à l'hôpital. Tous les évènements de la veille lui revinrent en mémoire avec son lot d'inquiétudes. La fillette s'aperçut que sa mère était assise dans son lit, ses cheveux de jais descendaient en cascade sur ses épaules. Ses traits étaient moins lourds et elle arborait un sourire radieux.

— Bonjour ma chérie.

— Maman ! cria Chloé en sautant du fauteuil pour la rejoindre près de son lit.

Luna dormait encore emmitouflée dans la couverture, une dame plus âgée était assise au bord du lit. Son visage diaphane contrastait avec sa chevelure d'ébène parsemée, toutefois, de quelques cheveux gris.

— Bonjour Chloé, dit-elle.

— Bonjour, répondit Chloé fascinée par cette dame qui ressemblait à sa mère.

— Je suis Hélène ta grand-mère.

— Je sais… dit la fillette. Je croyais que vous étiez fâchées ?

— Nous n'avons jamais été fâchées, nos chemins se sont juste un peu séparés.

— C'est vrai, dit Clémence. Mais, cette nuit nos routes se sont enfin réunies. Ne me demandez pas comment, je ne peux pas l'expliquer.

— Que s'est-il passé maman ? demanda Chloé.

— Oh oui maman raconte ! dit Luna qui venait de se réveiller.

— Au plus profond de mon état inconscient de cette nuit, j'étais sur le point de tout lâcher, de partir pour de bon rejoindre votre père, je me sentais perdue. Mais, j'avais peur aussi de perdre celles que j'aime par-dessus tout : mes deux amours. Alors, j'ai appelé ma mère, comme quand j'étais petite, quand j'avais peur après un mauvais rêve.

— Et toi grand-mère comment as-tu su qu'il fallait venir ? questionna Chloé.

— Eh bien, pour moi aussi cette nuit fût étrange, en pleine nuit j'ai entendu, la voix de votre mère qui m'appelait. Mais, pas avec sa voix de maintenant, la voix qu'elle avait lorsqu'elle était petite et j'avais tellement de peine pour ma petite fille. J'ai immédiatement réveillé votre grand-père pour lui raconter mon rêve et on s'est mis en route ce matin de bonne heure. Nous n'attendions que ce signe pour venir à son secours, vous savez votre mère a toujours voulu se débrouiller seule, trop fière pour demande de l'aide… tenez voilà votre grand-père.

Un homme grand au visage buriné entra gaiement dans la chambre. Il portait un plateau garni de croissants et autres pains au chocolat et de tasses fumantes d'où se dégageait une délicieuse odeur de chocolat. Malgré sa stature imposante, il émanait de cet homme une infinie bonté, renforcée par la profondeur azur de son regard.

— Voilà le petit déjeuner de mes petites filles, dit-il en posant le plateau sur la petite table de la chambre. Et ce n'est pas fini, ce soir c'est Noël !

Luna et Chloé se jetèrent sur les croissants, heureuses de toute cette douceur. Tout en mangeant son croissant, Chloé remarqua la silhouette qui lui faisait signe dans le couloir. Elle reconnut Martha qui affichait un sourire de satisfaction, son visage était illuminé et elle articula : « Joyeux Noël ». Chloé se précipita dans le couloir pour lui dire que sa mère allait bien, pour partager avec elle son bonheur, mais la vieille dame s'évapora sous ses yeux. Elle resta un instant figée, puis elle vit le Docteur Douderac s'approcher d'elle, il lui fit un clin d'œil, le doigt collé sur la bouche en signe de secret et lui dit :

— À chacun son ange…

Comme une bouteille à la mer

Paris, Cité des quatre mille, 14 décembre

Théo entra dans l'appartement noir et froid. Il alluma la petite lampe du couloir pour y déposer son cartable et se dirigea vers la cuisine. Le jeune garçon debout depuis 6h30, était affamé. Le petit déjeuner était loin et le repas de la cantine scolaire avait été « dégueu ! » comme toujours. Il n'avait presque rien avalé de la purée de brocolis mal cuite accompagnée de son filet de poisson encore congelé.

Le réfrigérateur était vide, il n'en fut pas surpris, le lundi c'était jour des courses. Oh ! Pas au supermarché, ses parents n'en avaient pas les moyens, le modeste salaire de femme de ménage à mi-temps de sa mère et les maigres indemnités de chômage de son père ne permettaient pas ce luxe. Alors, son père, tous les lundis, retirait un colis alimentaire à l'association locale.

Théo n'alluma pas la lampe de la pièce principale, il avait pour consigne de faire des économies. La petite famille avait réduit au strict nécessaire toutes les dépenses : pas de téléphone, uniquement un téléphone mobile à carte que ses parents rechargeaient lorsqu'ils en avaient les moyens, pas d'internet, limitation de la consommation d'eau à une douche quotidienne.

Rester dans la pénombre ne dérangeait pas le garçonnet. Il aimait bien se planter à la fenêtre pour contempler dans l'obscurité naissante, les fenêtres des appartements des immeubles qui s'éclairaient. Il imaginait que chaque tour était un sapin, que chaque fenêtre éclairée était une bougie.

Mais, Théo avait l'esprit ailleurs, même à dix ans il avait parfaitement compris la situation difficile dans laquelle se trouvait sa famille, son père au chômage depuis deux ans, avait été informé par un courrier glacial qu'il allait bientôt être en « Fin de droits ». Il ne comprenait pas la signification de ces mots, mais il était conscient de leurs conséquences : encore moins d'argent et encore plus de galères !

Merci pour le cadeau de Noël ! se dit-il.

Noël ! Nous étions à dix jours de ce moment tant attendu des enfants. Début décembre, ils avaient tous rédigé leur « Lettre au père Noël », plutôt une liste destinée aux parents. Dans les cours de récréation, les discussions allaient bon train sur la dernière console de jeu à la mode ou le dernier jeu de guerre.

Lui, il avait une fois de plus fait une croix sur les jouets qu'il admirait dans les vitrines de magasins. Ses espoirs étaient ailleurs, il avait écrit aussi sa « lettre au père Noël » sur une page de son cahier d'écolier, comme il pouvait, avec ses mots et l'avait postée comme on jette une bouteille à la mer.

*

Lussat dans la Creuse, le 14 décembre
Robert Baudouin sortait de la salle du conseil municipal du petit village de Lussat dont il était maire depuis onze ans. Les habitants lui avaient renouvelé leur confiance et il en était fier. Il était de ceux qui croyaient aux valeurs de la République, qui protège et qui fait prospérer une nation.

La charge de maire représentait une vraie responsabilité et il se sentait investi du devoir d'assurer le bonheur de ses concitoyens, de faire en sorte que le village soit un lieu où il fait bon vivre. Néanmoins, pour l'heure, ce n'était pas le cas, le village se vidait peu à peu de ses habitants et cela le rendait triste.

Robert était né à Lussat, son père tenait la scierie et à sa mort il avait repris le flambeau. L'usine marchait bien et employait 150 personnes, presque tous du village.

Robert se dirigea vers son bureau suivi d'Henri, son premier adjoint et ami d'enfance.

— Je ne comprends pas cette société dans laquelle nous vivons, d'un côté il y a des personnes qui ne trouvent pas de travail et de l'autre des emplois qui ne trouvent pas preneurs.

— Eh oui ! Notre société n'est pas à un paradoxe près, répondit Robert avec lassitude.

— Tu te souviens, Lussat était le village dans lequel tout le monde voulait vivre il y a dix ans, comment en est-on arrivé là ? poursuivit Henri avec une pointe de déception.

— Le centre du village ne comporte plus qu'un seul commerce ; la boucherie de Marcel qui veut passer la main. Personne ne veut habiter un village fantôme, sauf les Hollandais ou les Anglais qui achètent à prix sacrifiés des résidences secondaires qu'ils occupent un mois par an. Et ça, ça ne fait pas vivre le village. Moins d'habitants, moins de commerces. Moins de commerces, moins d'habitants, l'équation est simple.

— Et la solution compliquée, comment sortir du cercle infernal ?

— Notre salut est dans le retour des commerces du centre, dit le Maire, j'ai passé des annonces dans des quotidiens nationaux pour proposer un poste de gérant de l'épicerie. On arrive au bout de ce que nous pouvons faire.

— Oui, c'est même le bout du bout !

— Je suis bien d'accord avec toi, si nous n'avons pas de réponses dans un mois pour la reprise de l'épicerie, notre village sera définitivement sur la pente d'une mort certaine.

— Je ne préfère pas y penser, dit Henri en triturant nerveusement sa casquette.

— Bon ! Enfin, on n'en est pas encore là. Pour le moment, je dois m'occuper du courrier qui s'est accumulé.

— D'accord Robert, je te laisse, à demain à l'usine.

— À demain Henri.

Seulement éclairé par la vieille lampe, le bureau de monsieur le maire ressemblait à une île au milieu d'un océan d'obscurité. C'était d'ailleurs le sentiment qui, parfois, submergeait Robert : seul sur son île, attendant que les SOS lancés aux quatre coins du monde produisent leurs effets.

Henri traversa le bureau de Justine, la secrétaire de mairie, pour regagner la sortie. Le regard vide, il ne vit pas la poubelle que Justine avait négligemment laissée dans le passage. La corbeille se renversa dans le bureau dans un bruit métallique et son contenu s'éparpilla.

— Ça va Henri ? dit Robert qui avait entendu le vacarme.

— Oui, oui, j'ai buté dans la corbeille à papier de Justine, je vais tout ramasser, ne t'en fais pas.

Pas très fier de lui, Henri rassembla les papiers étalés sur le sol, mais son regard fut attiré par un bout de papier froissé. On aurait dit une lettre écrite sur une page de cahier d'écolier, l'écriture était enfantine, mais bien lisible. Henri déplia la boule de papier et commença à la lire. Cependant, dans la pénombre, et sans ses lunettes, il n'arriva pas à déchiffrer le texte.

Je la lirai à la maison, se dit-il et glissa le papier dans la poche de sa veste.

*

Paris, Cité des quatre mille, 20 décembre

La porte de l'appartement s'ouvrit en grinçant et François, le père de Théo, apparut les bras chargés. Le jeune garçon quitta ses rêveries et se précipita pour aider son père.

— Ça va mon p'tit gars ! dit-il en souriant.

— Oui papa, as-tu reçu un appel aujourd'hui, demanda anxieusement Théo.

— Le portable est déchargé, je vais le mettre en charge après que nous ayons rangé les courses. Mais pourquoi me demandes-tu ça ?

— Pour rien, comme ça, répondit-il évasivement.

— Aide-moi à ranger les courses, après on va préparer le repas.

— Oui papa.

Théo vit dans les yeux de son père une lassitude, une tristesse qui lui fit peur. C'était la première fois qu'il voyait son visage aussi pâle, il paraissait à bout de force, presque résigné. Son père avait tenu un poste à responsabilité dans une usine qui fabriquait des voitures, la vie était belle à cette époque et il était fier d'apporter à sa famille la sécurité d'un salaire honorable chaque mois.

Puis un jour, tout avait basculé, malgré les bénéfices grossissant chaque année, la direction de l'usine avait décidé de licencier du personnel. Ce fût la stupéfaction parmi les ouvriers et les journées de grève ne suffirent pas à éviter le pire. Le jeune garçon avait entendu un mot pour qualifier une telle situation : un paradoxe.

Ils préparèrent le repas dans le silence, chacun l'esprit occupé. Puis, la mère de Théo rentra à son tour, elle aussi était fatiguée. Le dîner se déroula dans un silence qui en disait long sur le moral de la petite famille. Théo était allé voir à plusieurs reprises le téléphone qui rechargeait. Mais toujours aucun appel.

*

Lussat dans la Creuse, le 24 décembre.

Henri croisa son ami Robert dans l'usine désertée par les employés en cette veille de Noël. Depuis leur conversation à la sortie du conseil municipal, les deux hommes échangeaient des regards inquiets. Aucune nouvelle des annonces passées dans la presse.

— Bonjour, Robert, tu rentres chez toi ?

— Bonjour, Henri, oui je rentre, tu m'accompagnes ?

— D'accord.

Robert savait que son ami vivait mal la situation du village et il voulait lui parler d'autres choses pour lui changer les idées. Les deux hommes sortirent de l'usine et passèrent devant l'école primaire close pour les vacances de Noël.

— Tu te souviens lorsque nous étions en primaire dans la classe de madame Montagnac ? dit Robert.

— Oh oui ! c'est grâce à elle si j'ai eu mon certificat d'études. J'adorais écrire à l'encre et la plume.

— Tu te rappelles des cahiers à lignes ? J'écrivais toujours de travers, répondit Robert en souriant.

Sur ces mots, Henri s'arrêta brusquement sur le chemin, fouillant ses poches avec frénésie.

— En parlant de cahiers à lignes, j'ai ramassé une page de cahier d'écolier l'autre soir, lorsque j'ai renversé la corbeille à papier de Justine.

— Une page de cahier d'écolier dans la poubelle de Justine ? interrogea Robert.

— Oui ! Tiens, la voilà.

Henri déplia la page froissée, et tous deux lurent les phrases écrites simplement par un petit garçon qui se prénommait Théo.

— C'est peut-être un début de solution, il faut convaincre cette famille de reprendre l'épicerie, dit Henri.

— J'en fais mon affaire, lança Robert.

Et ils se dirigèrent d'un pas décidé vers la mairie, l'espoir venait de renaître dans le cœur de deux hommes.

*

Paris, Cité des quatre mille, 24 décembre

Les parents de Théo avaient fait du mieux qu'ils pouvaient pour marquer l'évènement. Sa mère avait décoré la table et allumait quelques bougies pour donner une ambiance chaude. Le colis de l'association humanitaire avait été copieux et la petite famille allait pouvoir réveillonner.

Pourtant, la tristesse était toujours de mise. Les parents de Théo se forçaient à afficher une mine gaie, mais le cœur n'y était pas, quelque chose les tracassait.

— Oh ! Regarde Théo, il neige, dit sa mère.

Théo se précipita vers la fenêtre pour admirer les flocons de neige qui virevoltaient dans la nuit et se déposaient mollement sur les toits des immeubles. Le jeune garçon aurait préféré que la neige tombe sur des arbres, qu'une campagne se recouvre d'un épais manteau blanc, mais il devait se contenter de la ville, sale, miséreuse.

— Théo, on doit te dire quelque chose, balbutia son père.

Le garçonnet sortit de ses rêveries et vint rejoindre ses parents déjà attablés.

— Cette année est particulière, commença gravement son père. Ta mère et moi avons beaucoup de mal à joindre les deux bouts et... cette année nous n'avons pas pu t'acheter un cadeau.

Théo remarqua les larmes retenues de sa mère et le regard fuyant, presque honteux de son père.

— Ce n'est pas grave, répondit Théo en affichant son plus beau sourire. Ce n'est pas cela le plus important.

—Je suis désolée… murmura sa mère.

Bien sûr, il aurait aimé découvrir les cadeaux sous le sapin, déchirer frénétiquement le papier d'emballage pour enfin découvrir ce que contenait le paquet. Malgré cela, en ce soir de Noël, Théo attendait quelque chose de bien plus important et tous ses espoirs étaient ailleurs que dans la hotte du père Noël.

— Bon ! On va dîner, clama son père. Tu verras mon grand on va s'en sortir, plus tard on en rira.

Une joie théâtrale jouée par des acteurs fatigués remplit le petit appartement du sixième étage de la cité des quatre mille. Théo mangea avec appétit, ce n'était pas tous les jours qu'il pouvait se gaver de dinde aux marrons et surtout de la bûche au chocolat.

Puis, la fatigue aidant, chacun s'apprêta à se coucher, lorsque le petit téléphone à carte se mit à sonner et vibrer.

Théo regarda ses parents avec un grand sourire, un espoir venait de naître dans l'esprit du jeune garçon.

*

Lussat dans la creuse, un an plus tard.

Le centre du village resplendissait de mille lumières, des guirlandes lumineuses clignotaient dans les arbres de la place très animée en cette veille de Noël. Une odeur de marrons grillés se dégageait du brûlot de la petite échoppe installée depuis plusieurs jours près de la boulangerie.

Robert se promenait dans les rues comme à son habitude pour rencontrer les habitants et discuter avec eux de ce qui allait bien ou mal dans le village. Ce soir de décembre était magique, tout le monde paraissait heureux, le village reprenait peu à peu vie. Tous les commerces : Boulangerie, Boucherie, Épicerie étaient ouvertes et ne désemplissaient pas. Le nombre d'habitants ne faisait que croître depuis la réouverture de l'épicerie et c'était un bon signe.

Quant à Théo, il avait retrouvé l'insouciance des enfants de son âge. Il y a un an, le téléphone portable avait enfin sonné dans l'appartement de la cité des quatre mille et ses parents avaient accepté la proposition de monsieur le maire de reprendre l'épicerie du village.

Depuis, ils vivaient heureux, son père et sa mère avaient retrouvé leur dignité et leur joie de vivre. Ils n'avaient pas ménagé leurs efforts depuis leur arrivée et très vite les habitants du village avaient reconnu en eux des gens sympathiques et courageux.

— Bonjour Théo ! dit Robert

— Bonjour, monsieur le maire, Joyeux Noël ! répondit Théo.

— Joyeux Noël mon garçon.

Leurs regards se soudèrent un instant. Tous deux avaient appris que même lorsque tout semble perdu, que tous les espoirs se sont envolés, il y a quelqu'un, quelque part qui trouvera votre bouteille à la mer.

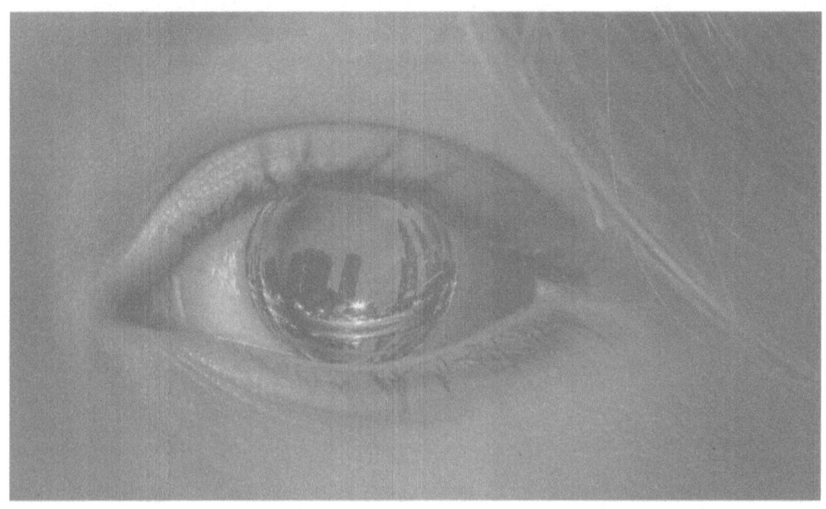

Fantastique

La pierre du temps

Ce matin-là, lorsqu'elle emprunta le chemin qui conduisait à l'océan, Laura fut envahie par la beauté du paysage écossais. La lande sauvage s'étendait devant elle en petites collines ondulantes vers les falaises déchirées. Les nuages moutonnants dans le ciel azur filtraient quelques rayons de soleil qui se projetaient sur les prairies verdoyantes. L'air vif et chargé d'iode avait la réputation de chasser les idées noires. Laura se sentait bien, comme si cette contrée balayée par les vents de l'atlantique nord lavait son âme de toute cette crasse accumulée depuis trop longtemps.

Elle aimait profondément ce pays, lui rappelant des moments heureux avec sa mère, Écossaise du clan MacLeod dont la réputation n'était plus à faire. Les gens des Highlands sont bruts de décoffrage, mais d'une profonde humanité. Laura les connaissait bien, c'est à leur contact qu'elle s'était forgée un caractère d'acier trempé.

Laura avait hérité du physique de sa mère : grande au corps athlétique, visage sévère, cheveux tirés en arrière, elle impressionnait dès le premier contact. Son regard bleu acier avait la réputation de percer les âmes et ces avantages lui servaient bien lors des interrogatoires.

Du chemin de la falaise balayée par le vent d'ouest, on pouvait apercevoir une pierre qui dominait l'océan. Ce monolithe, sentinelle d'un autre âge, portait le nom étrange de *Clogh àm.*

Probablement du gaélique, se dit-elle.

Laura se sentait mieux depuis quelques jours, finalement ses vacances forcées avaient balayé la fatigue accumulée de ces trois dernières années. La capitaine Laura Morand, chef du groupe antigang à la troisième DPJ, avait sans cesse traqué les organisations mafieuses qui sévissaient à Lyon et Marseille. Jusqu'à cette malheureuse affaire qui l'avait mise à genoux.

Soudain, elle aperçut un homme qui se tenait près de *Clogh àm*. Une fine pluie s'était mise à tomber et brouillait sa vision, cependant elle put distinguer ses traits. L'homme était chauve avec un tatouage sur le crâne qui descendait derrière l'oreille.

Pas courant ce type de tatouage, pensa-t-elle.

Troublée, elle ralentit le pas et remarqua une femme vêtue d'un long manteau gris qui descendait au ras du sol. Elle ne put apercevoir son visage enfoui sous une capuche ne laissant que quelques mèches blondes virevolter dans le vent.

L'homme et la femme se faisaient face sans bouger. La scène était étrange, comme figée. De plus en plus intriguée, Laura força son regard et son sang se glaça lorsqu'elle aperçut le couteau dans la main du tatoué.

La lame ondulée du poignard scintilla et en un éclair l'homme porta un coup à l'abdomen de la femme. Aussitôt ses réflexes de flic jaillirent, elle chercha son Sig Sauer qu'elle ne trouva pas puisqu'elle était en vacances. Son arme était restée au service à Lyon.

Alors, elle piqua un sprint vers le monolithe par un chemin en contre bas. Même en vacances elle restait flic et elle devait intervenir.

Elle approcha lentement de la scène par l'arrière du monolithe. Puis, adossée à la pierre, elle reprit son souffle et écouta les bruits environnants. Tout était calme, elle tenta alors un regard furtif à l'endroit où elle s'attendait à voir le corps étendu de la femme, mais la place était vide.

Elle avança avec prudence cherchant l'homme chauve. Lui aussi avait disparu. Elle se mit alors en quête d'indices, comme elle l'aurait fait sur une scène de crime. Là encore rien de probant, pas même une petite tache de sang, alors qu'un coup de poignard à l'abdomen provoque une violente hémorragie.

Tout à coup, une idée lui traversa l'esprit, et si la femme blonde était tombée de la falaise. Elle avança jusqu'au bord et observa en contre bas le ressac qui faisait luire les rochers. Aucun corps ne gisait sur la grève.

Soudain, un violent vertige la fit vaciller, elle n'eut que le temps de faire quelques pas en arrière pour ne pas tomber de la falaise. Le souffle court et les jambes en coton, elle s'assit dos au monolithe. Plus elle s'évertuait à faire surface, plus elle glissait dans un tunnel immatériel. Des chants emplissaient l'espace et lorsqu'elle tenta d'ouvrir les yeux, elle vit des hommes et des femmes en demi-cercle devant elle qui psalmodiaient en la regardant.

La scène s'estompa, le bruit rassurant des vagues la fit revenir à la réalité. Elle resta un moment près de *Clogh àm*. Est-ce encore une conséquence du traumatisme qu'elle avait subi ? Elle ne savait plus. Elle se rendit à l'évidence, elle ne pouvait pas avoir guéri aussi vite. Elle n'arrêtait pas de ressasser l'opération, pourtant préparée avec minutie qui avait coûté la vie à l'un de ses lieutenants. Le psychologue de la police l'avait prévenue qu'elle passerait par des phases difficiles : Hallucinations, cauchemars. Mais tout cela était nécessaire à son rétablissement.

Résignée, Laura prit le chemin du village de Gairloch, elle avait promis de rendre visite à Riagal son ami d'enfance. Plus que jamais elle avait besoin de lui.

*

Gairloch était un village typique des Highlands, constitué de maisons aux toits de chaume et aux murs blanchis à la chaux. Les portes d'entrée étaient peintes de couleurs vives, pour que les hommes qui revenaient ivres du pub ne se trompent pas de maison, disait la légende.

En chemin, Laura avait été hantée par le visage de l'homme chauve au tatouage, par les chants psalmodiés par des gens qu'elle ne connaissait pas, tout cela se mélangeait et elle en conclut qu'elle avait encore besoin de repos

Riagal tenait l'unique pub du village, à cette heure tardive de la matinée, il devait être au bar pour les quelques clients de passage.

Laura entra par une porte basse d'un autre âge et trouva son ami, torchon à la main, essuyant les chopes à bière.

— Laura ! s'écria-t-il en jetant le torchon sur son épaule.

— Salut Riagal.

L'homme aux larges épaules et aux cheveux de jais sortit de derrière le bar pour prendre tendrement Laura dans ses bras.

— Je suis heureux que tu n'aies pas oublié ton vieux copain, lui dit-il à l'oreille.

— Comment pourrais-je t'oublier ?

Malgré les sentiments qu'ils partageaient, il s'était établi entre eux un accord tacite : chacun son chemin, mais toujours là l'un pour l'autre.

— Viens t'asseoir, proposa-t-il en l'emmenant vers une alcôve intime du pub. Alors comment vas-tu ?

— Mieux que la dernière fois à Lyon, merci Riagal d'être venu à mon secours j'étais en miettes !

— Tu n'y es pour rien, personne ne pouvait prévoir qu'ils avaient posté un tireur embusqué, de la pire espèce, de ceux qui tuent froidement, un tueur de flics.

— Oui, mais Marc est mort et il laisse une femme et deux enfants. C'était de ma responsabilité de protéger mes hommes, Riagal !

— Il faut que tu tournes la page maintenant, Marc n'aurait sûrement pas voulu ça, il connaissait les risques du métier.

— Tu as sûrement raison, dit-elle en soupirant. J'ai vu un truc bizarre ce matin sur la falaise, tu sais près de la grosse pierre, que l'on appelle *Clogh àm*, je crois.

Le visage de Riagal changea d'une manière imperceptible, mais qui n'échappa pas à Laura. Quelque chose l'avait troublé.

— Raconte-moi ce que tu as vu.

Laura décrivit la scène. L'homme au tatouage, la femme au long manteau et la scène de « crime » vide. Elle ne parla pas de son malaise, jugeant qu'il était inutile d'inquiéter davantage son ami.

— … mais j'ai peut-être rêvé tout cela, Riagal, dis-moi que je ne deviens pas folle.

— Laura, la mort de Marc t'a vraiment secouée, il faut que tu te reposes… Si tu veux demain nous irons à Dingwall, j'y ai encore quelques amis. Maintenant, il faut que tu manges, tu es pâle comme une Banshee.

Riagal se leva et se dirigea vers la cuisine, Laura remarqua qu'il boitait encore légèrement. Il avait été, lui aussi, flic à Édimbourg et grièvement blessé lors d'un attentat. Laura avait tenu sa promesse et était restée à son chevet jusqu'à sa sortie du coma. Puis, elle l'avait aidé à se rétablir progressivement. Par miracle, Riagal avait retrouvé toutes ses facultés physiques et intellectuelles, mais il avait préféré démissionner de la police pour reprendre le pub de son village natal.

— Ta jambe te fait encore souffrir.

— Non, c'est juste pour que tu me plaignes, cria Riagal de la cuisine en riant.

Laura sourit, elle retrouvait bien là Riagal, son Riagal, le seul homme qui la faisait rire. Malgré tout, l'attention de Laura retourna à la scène du matin, le tatouage de l'homme chauve lui revint en mémoire distinctement. Il partait du haut du crâne et descendait en arabesque sur le côté puis derrière l'oreille. Ce genre de dessin et l'endroit où il avait été fait n'étaient pas courants. L'homme, quant à lui, était plutôt athlétique et son regard noir, qu'elle avait juste aperçu, en disait long sur ses intentions.

Il y avait quelque chose qui clochait dans le déroulement de la scène, pour l'instant ce n'était qu'un vague sentiment, mais suffisant pour la troubler.

Bien sûr, le plus troublant était l'absence de toute trace de lutte, de cadavre, mais son esprit avait enregistré une anomalie qu'elle était incapable de formuler pour le moment.

La porte du pub s'ouvrit, tirant Laura de ses réflexions. Un homme âgé entra. Il portait une casquette de marin et arborait une barbe rousse, lui donnant un air de vieux loup de mer. Ce qu'il avait été sûrement à une époque. Les yeux couleur des mers du sud du vieil homme s'illuminèrent lorsqu'il la vit.

— Par Saint Patrick ! Laura.

— Bonjour Conrad, dit-elle en se levant pour l'embrasser.

— Je savais que je te trouverais ici, toi et Riagal vous êtes inséparables, déjà tout gamin, vous faisiez les pires sottises. Je me souviens un jour toi Riagal vous…

— Conrad, tu nous as déjà raconté ça mille fois, allez viens t'asseoir avec nous, coupa Riagal.

— À une seule condition… une bonne bière écossaise ! dit le vieux loup de mer.

— OK je t'apporte ça de suite.

Conrad s'installa dans l'alcôve près de Laura.

— Comment vas-tu Conrad, demanda affectueusement Laura.

— Toi d'abord Laura. Riagal m'a tout raconté. Comment te sens-tu ?

— Bien, ici je vais bien, entourée de vous tous. Il n'y a qu'un seul endroit au monde où je peux guérir, c'est ici.

— Tu loges dans la maison de ta mère ?

— Oui, la maison n'a plus la même douceur qu'avant, mais j'y suis bien.

Riagal arriva avec trois chopes de bière rousse qu'il déposa sur la table avant de retourner à la cuisine. Le pub commençait à se remplir d'une odeur de cuisine, rappelant à Laura qu'elle avait faim.

— Conrad, que sais-tu de cette pierre sur la falaise, *Clogh àm*.

Le vieux Conrad se rembrunit. Il but une longue gorgée de bière qui laissa de la mousse dans sa barbe rousse avant de répondre.

— Tu sais Laura, l'Écosse est un pays de légendes, toutes plus ou moins vraies. Ce rocher existe sur la falaise depuis toujours. *Clogh àm*, veut dire quelque chose comme « La pierre du temps » en gaélique.

— Qu'est-ce qu'elle a de particulier ?

— On dit qu'elle possède des pouvoirs chamaniques, qu'elle prédit l'avenir… enfin, c'est une légende.

Laura ne fut pas convaincue par l'explication évasive de Conrad, elle était persuadée qu'il ne lui avait pas tout dit.

Mais, l'heure était aux retrouvailles, Riagal venait d'apporter un plat de saucisses et autres boudins fumants, perspective d'un repas réparateur.

*

Le bâtiment de la police se situait sur l'avenue principale de Dingwall. La carte tricolore de Laura et les vieilles connaissances de Riagal avaient fluidifié le passage des différents contrôles d'accès et l'ex-flic d'Édimbourg avait pu obtenir, non sans réticence, un accès aux fichiers de la police écossaise.

Dans la petite pièce sans fenêtres pleine de poussière, Laura passait en revue les photographies anthropométriques. Seulement une cinquantaine d'individus répondaient aux critères de recherches : « chauve/tatoué ». Elle passait rapidement d'une photo à une autre, s'attardant rarement plus de quelques secondes sur un profil.

Puis elle visionna la dernière photo et dans un soupir elle lâcha.

— Cela m'aurait surpris de trouver notre homme dans le fichier des délinquants.

— Si notre métier était facile, cela se saurait, répondit Riagal.

Après les salutations et les remerciements de rigueur, ils sortirent du commissariat par une porte qui donnait sur une place. Le soleil printanier avait poussé les habitants de la bourgade hors de leur habitation et la place grouillait de monde. Machinalement, Laura scruta l'endroit, réflexe qu'elle avait gardé du temps où elle travaillait à la BAC parisienne.

Quatre ruelles piétonnes débouchaient sur la place dont le centre était occupé par une fontaine depuis longtemps tarie. Laura compta mentalement trois pubs devant lesquels s'étaient formés des attroupements de fumeurs, chope à la main. Des couples s'arrêtaient devant les vitrines des quelques magasins de mode, madame montrant à monsieur la jupe qu'elle achèterait sûrement dès que les beaux jours reviendraient. Des gens marchant d'un pas vif et décidé traversaient l'esplanade pour aller d'une ruelle à une autre.

Laura termina de scanner l'endroit par une porte cochère sur sa droite d'où elle vit un mouvement qui attira son attention. Quelqu'un se tapissait dans l'ombre, quelqu'un qui l'observait.

Elle s'approcha lentement en faisant mine de regarder les vitrines des magasins. Soudain, un homme détala de la porte cochère en direction d'une des ruelles. Laura reconnut l'homme chauve et tatoué, n'écoutant que son instinct elle se lança à sa poursuite. Riagal lui emboîta le pas, mais son handicap ne lui permit pas de tenir la course-poursuite et l'écart de distance entre eux se creusa jusqu'à ce que Riagal abandonne.

L'homme chauve avançait d'un pas rapide, se retournant fréquemment, Laura le suivait à bonne distance. De nouveau, elle fut envahie par le sentiment désagréable que quelque chose ne collait pas. On aurait dit que l'homme ne voulait pas se laisser distancer, il accélérait lorsque Laura était trop près ou ralentissait lorsqu'elle était trop loin.

Les ruelles défilaient et malgré sa bonne mémoire elle finit par être perdue. Sa situation devenait périlleuse, elle se trouvait seule, perdue, désarmée sur les talons d'un suspect potentiellement dangereux. Mais, Laura était une Macleod, elle ne lâchait rien.

Comme un félin, l'homme se coula dans une vieille bâtisse en pierre. L'énorme porte par laquelle l'homme était entré, était restée entr'ouverte.

Une invitation à entrer ? se demanda Laura.

Un blason surmontait la lourde porte en chêne. Une tête de taureau dans une ceinture bouclée, les mots « Holdfast » coiffaient l'emblème.

Ce blason ne lui était pas inconnu. Elle entra dans le bâtiment et déboucha dans un petit salon chichement meublé de deux canapés l'un en face de l'autre, probablement l'antichambre d'une demeure de notables.

Un immense escalier de marbre situé dans le prolongement de l'antichambre menait à un palier faiblement éclairé. Sous l'escalier, Laura aperçut une porte entr'ouverte ; décidément, on lui balisait le chemin.

Prudemment, elle poussa la porte et découvrit un escalier qui descendait vers une ouverture étroite à peine éclairée d'où émanaient des chuchotements. Laura descendit doucement l'escalier, s'arrêtant de temps à autre pour déchiffrer la conversation.

— … elle viendra j'en suis sûr, disait une voix d'homme.

— Il faudra qu'on lui dise tout, chuchotait une autre.

Elle était maintenant au bas de l'escalier et entendait clairement la conversation, soudain une main ferme se posa sur son épaule. Par réflexe, elle saisit le pouce pour amorcer une clé de bras, mais la main se dégagea dans un geste souple et la clé ne prit pas. Laura n'eut pas le temps de voir le visage de son assaillant et fut poussée dans la pièce.

L'endroit était mal éclairé, deux ombres se tenaient devant elle. L'une d'elles s'approcha, dévoilant son visage dans un rayon de lumière. Avec effroi elle reconnut l'homme tatoué.

— N'ayez pas peur, je ne vous veux aucun mal. Je m'appelle Duncan.

— C'est un ami, Laura, dit une voix familière venant de derrière elle.

Laura se retourna et reconnut Riagal, c'était probablement lui qui l'avait surprise dans l'escalier. Sa curiosité lui avait fait perdre sa lucidité, elle avait foncé, tête baissée, dans la gueule du loup. Aussitôt, elle se dégagea de l'encerclement des deux hommes et pris un appui de combat pour ne pas se laisser surprendre. Un troisième personnage sortit de l'ombre et s'approcha, le piège se refermait sur elle.

— Laura MacLeod…

Casquette de marin vissée sur le crâne, le vieux Conrad venait de l'appeler par son nom écossais, puis il poursuivit.

— Tu n'as rien perdu de ta pugnacité, je savais que tu viendrais.

— Qu'est-ce que c'est que ce guet-apens, pourquoi m'avez-vous attirée ici ? dit Laura avec colère. Je vous croyais mes amis !

— Nous sommes toujours tes amis, Laura, plus que jamais, dit Riagal.

— Nous te devons des explications, continua le vieux marin. Mais d'abord, as-tu reconnu l'emblème sur l'imposte en arrivant ?

Laura se souvint, le taureau …, la boucle… l'inscription « Hold Fast » … mais bien sûr !

— C'est l'emblème des MacLeod, le clan de ma mère.

— Cette demeure appartient au clan MacLeod depuis cinq générations, dit l'homme chauve. Aujourd'hui, c'est moi qui en suis le propriétaire, je suis aussi du clan de MacLeod, d'une branche éloignée de celle de votre mère.

— Mais, que faisiez-vous sur la falaise hier à Gairloch ? Je vous ai vu avec cette femme encapuchonnée.

— Je n'étais pas à Gairloch hier, des tas de gens pourront le confirmer. Mais, c'est aussi pour ça que vous êtes ici. Depuis cinq générations, les MacLeod entretiennent et financent une société secrète, la confrérie de Clogh àm.

— Cette pierre a un pouvoir chamanique, elle permet de voir des évènements qui n'ont pas encore eu lieu, compléta Conrad.

— Clogh àm t'a révélé une scène du futur, Laura, dit Riagal en s'approchant d'elle. Dis-nous précisément ce que tu as vu sur la falaise.

— Je vous ai clairement vu, Duncan, avec cet étrange poignard à la main, porter un coup violent à l'abdomen de la femme blonde. Mais, lorsque je me suis approchée, je n'ai trouvé aucune trace. Pas de corps, pas de sang, l'endroit était vide.

— Décrivez-moi la dague ? demanda Duncan.

— Elle ressemblait à ces couteaux qui font partie de l'habit traditionnel indonésien : lame à double tranchant, ondulant sur une trentaine de centimètres. J'ai oublié le nom que l'on donne à ces lames.

Duncan dégaina lentement un poignard qui ressemblait à la description de Laura.

— En Malaisie, on appelle cela un Kriss. C'est un objet spirituel, plus qu'une arme, il contient l'âme de son propriétaire. Je ne peux pas m'en servir contre un être humain, je me viderais de mon fluide spirituel. Il a été forgé dans un petit village de Bornéo avec des météorites que j'ai moi-même ramassées sur l'île.

La situation obscure percuta l'esprit rationnel de Laura. Les années d'expérience dans la police l'avaient formée à rechercher la vérité en reliant des faits avérés. À la SRPJ de Lyon, elle aurait mis l'homme tatoué en garde à vue et aurait mené un interrogatoire en règle.

Pourtant, son intuition la poussait à croire à cette histoire. Les évènements dont elle avait été témoin étaient pour le moins étranges et elle pressentait que quelque chose de grave allait se produire. Il fallait qu'elle laisse la situation se poursuivre un peu plus loin.

— Parlez-nous de la femme encapuchonnée, demanda Conrad.

— Elle portait un manteau gris clair, couleur de lune, qui lui couvrait les pieds. Son visage avait disparu dans l'ombre de la capuche, mais on aurait dit qu'elle criait. J'ai vu que Duncan grimaçait avant de porter le coup fatal.

— Une Banshee ! intervint Conrad. On dit que ses cris sont insoutenables, elle apparaît pour annoncer la mort. Y a-t-il d'autres détails dont tu te souviens ? insista Conrad.

À l'évocation de la scène, l'impression désagréable d'incohérence refit surface. Alors, elle ferma les yeux pour forcer son esprit à revoir en détail la scène. La femme encapuchonnée lui apparut clairement, les plis de son manteau qui volaient au vent, la mèche blonde sortant de la capuche, puis soudain un détail lui revint, prouvant que la scène ne pouvait pas être réelle.

— Bon sang ! voilà ce qui cloche, les plis du manteau ne sont pas dans le sens du vent. Ce jour-là, le vent venait de la mer, de l'ouest alors que les plis du manteau indiquaient un vent de terre.

— Sur cette côte, un vent de terre souffle lorsque la marée est descendante, or ce matin-là la marée était montante, dit le vieux marin.

—... j'ai vu la lune dans son dernier croissant avec une étoile très brillante juste au-dessus d'elle, reprit Laura.

— Avec cette information, nous pourrons déterminer le moment exact où l'évènement se produira, mais nous ne connaissons pas le lieu ni la raison de la visite de la Banshee. Annoncer ma mort me parait trop simple, suivez-moi, dit Duncan.

Le groupe se dirigea vers un dédale de couloir pour déboucher dans une vaste pièce. L'endroit comportait, sur un pan du mur, une série d'ordinateurs, seules touches de modernité dans cette salle aux allures de bibliothèque de château. Des livres anciens garnissaient des étagères jusqu'au plafond, une lourde table, couverte de vieux manuscrits, trônait au centre de la pièce.

— Voici l'endroit où nous étudions les prophéties de Clogh àm. J'ai rassemblé ici les manuscrits que le clan MacLeod collectionne depuis cinq cents ans, dit Duncan. Ces grimoires contiennent les vieilles légendes oubliées d'Écosse.

Petites lunettes rondes sur le nez, Conrad tournait les pages d'un vieux livre avec d'infinies précautions. Puis soudain, il déclara à l'adresse du groupe.

— La Banshee est une messagère du royaume des morts, elle se présente en général sous les traits d'une jeune fille, mais elle peut prendre l'apparence d'une vieille femme. Elle est généralement vêtue d'une cape grise à capuche ou d'un linceul, mais peut apparaître comme une lavandière. Elle lave alors les vêtements tachés de sang de la personne dont elle annonce la mort.

Conrad regarda Duncan par-dessus ses lunettes et poursuivit :

— Ses hurlements sont insupportables et en général son but est de tuer…

Ces mots restèrent en suspens dans la pièce devenue silencieuse, la femme blonde pouvait correspondre à cette description. Duncan rompit le silence.

— Merci pour ces détails. Conrad est notre spécialiste des légendes. Et toi Riagal qu'est-ce que tu as pu dénicher ?

Riagal pianotait sur une console d'ordinateur depuis leur arrivée.

— J'ai fait correspondre la date de la marée descendante avec le dernier croissant de lune et la position de Vénus juste au-dessus du croissant. Cela nous donne la date du 24 mars vers vingt-trois heures.

— Nous avons la date de l'évènement, ce qui va se passer, mais nous ne savons toujours pas ni où ni pourquoi une Banshee veut ta mort Duncan, reprit Conrad.

— J'en ai une petite idée. Je suis, ou plutôt j'étais, le dernier MacLeod à recevoir les prophéties de la pierre du temps. Grâce à la vision du futur, nous avons pu éviter la mort d'un grand nombre de personnes. Morts orchestrées par les forces maléfiques. Si je disparais, il n'y aura plus de vision donc les forces des ténèbres auront le champ libre.

Laura avait l'impression d'être dans un cauchemar, qu'elle allait se réveiller dans la petite maison de Gairloch et reprendre le cours de sa vie. Depuis deux jours, elle nageait dans le paranormal, dans les sciences occultes et elle avait besoin de reprendre pied dans la réalité.

— Attendez une minute ! dit-elle. Tout ceci me semble complètement irréel, il doit bien y avoir une explication logique à tout ça.

— Depuis les temps les plus reculés de notre histoire, des sociétés secrètes réparties dans le monde combattent les forces du mal, répondit Duncan. Le bien et le mal s'opposent perpétuellement. Parfois, les forces obscures gagnent le combat, provoquant guerres, génocide, famines, épidémies, parfois c'est le bien. Grâce à la pierre du temps, nous avons pu déjouer certains évènements et contrecarrer les projets des ténèbres. Laura, vous êtes une MacLeod, Clogh àm vous a parlé hier sur la falaise en vous livrant cette scène étrange. Voilà la réalité.

L'explication ésotérique de Duncan n'avait pas vraiment convaincu la capitaine de police. Elle avait tellement eu affaire à des illuminés qui racontaient ce genre d'ineptie qu'elle s'était fermée à toute forme de discours cabalistiques. Cependant, les évènements dont elle avait été témoin hier sur la falaise lui revenaient continuellement en mémoire et surtout son étrange malaise dont elle n'avait pas parlé. Soudain, elle se rappela un détail.

— Y a-t-il un phare sur la côte près de Clogh àm? demanda-t-elle en s'approchant de Riagal.

— Non il n'y a pas de phare visible depuis cette falaise.

— Je me souviens qu'en arrière-plan de la scène, il y avait un phare à quelques kilomètres.

Aussitôt, Duncan et Conrad s'approchèrent de Riagal qui interrogeait internet.

— Le seul phare en activité sur la côte ouest se situe à Peterburn trente kilomètres au nord de Gairloch.

— Ce phare est trop loin pour être visible depuis la falaise, reprit Conrad.

Duncan avait déplié une carte sur la table et suivait la côte du doigt.

— Le seul endroit accessible est là, « Big sand », nous avons maintenant le lieu.

— Bon ! Très bien, dit Laura reprenant son rôle de capitaine de police. Le vingt-quatre mars, c'est après demain, alors OK on y va, mais juste Duncan et moi. Conrad et Riagal vous attendrez un peu plus loin, en planque et armés. Riagal, il nous faut un moyen de communication HF, s'il faut intervenir vous le ferez sur mon ordre.

Duncan eut un rictus de contentement et lui dit :

— L'opération peut être dangereuse

— J'ai l'habitude, répondit Laura.

*

La plage de sable fin contrastait avec les falaises déchiquetées par l'Atlantique. Cette trouée large de trois kilomètres descendait en pente douce vers la mer depuis la route côtière. Il faisait nuit noire, la lune dans son dernier croissant offrait une lumière trop faible pour voir arriver quiconque.

Laura et Duncan étaient tapis derrière le seul rocher de la plage, guettant le moindre mouvement suspect. Dans cette nuit d'encre, ils devaient compter sur tous leurs sens et particulièrement l'ouïe. Heureusement, l'océan était tranquille, le ressac des vagues sur la plage produisait une mélopée régulière, permettant ainsi de distinguer un son inhabituel.

— *« Riagal pour Laura, essai HF »*.

— *« Test OK cinq sur cinq, Riagal pour Laura »*, cracha la radio.

— *« Silence radio maintenant, Laura pour Riagal terminé »*, ordonna-t-elle.

Riagal et Conrad avaient pris position à environ un kilomètre sur la route côtière dans un véhicule tout terrain prêt à bondir à la moindre alerte. Riagal ne tenait pas en place, tendu comme une arbalète, il allait du bord de la route pour tenter d'apercevoir Laura à la radio pour vérifier si le volume était bien réglé.

— Détends-toi, lui dit Conrad.

— J'ai un mauvais pressentiment, Conrad, j'ai peur pour Laura, elle n'est pas habituée à ce genre de traque. Elle sait réagir à des évènements tangibles, concrets, mais je ne suis pas sûr qu'elle ait les bons réflexes face à une situation paranormale. Nous n'aurions pas dû la mêler à tout ça.

— Laura est une MacLeod. Les femmes de ce clan possèdent une force exceptionnelle. Elle saura réagir, fais-lui confiance.

Laura regarda sa montre : vingt-deux heures cinquante-cinq. Il restait cinq minutes avant que se produise « l'évènement ». Son esprit de flic la fit douter de nouveau, toute cette histoire ne reposait que sur des suppositions, des calculs astronomiques, des visions. Comment avait-elle pu suivre une piste aussi foireuse ?

Pourtant, au plus profond de son âme, elle sentait qu'elle devait être là, comme si elle avait un rôle à jouer dans ce qui allait se produire. Depuis la mort de Marc, elle sentait que sa vie devait prendre un nouveau virage. Pas pour fuir, ce n'était pas son genre, mais plutôt pour lutter d'une autre manière contre le crime organisé.

Le milieu du grand banditisme ne comportait que des psychopathes, des meurtriers qui tuent par haine, froidement. C'était de cette manière que était mort. Son groupe était tombé dans un piège que la mafia marseillaise leur avait tendu.

Pour une banale affaire de racket, elle et ses hommes devaient interpeller quatre à cinq hommes de main qui terrorisaient les commerçants du quartier nord de Lyon. À six heures, heure légale pour l'interpellation, deux groupes de la SRPJ devaient investir deux appartements distants de trois cents mètres. Le premier groupe était commandé par Marc, le second par elle.

Mais, les deux appartements étaient vides, au moment de repartir des tireurs embusqués dans les immeubles voisins avaient fait feu avec des armes de guerre, des fusils de sniper. Laura avait été protégée par son gilet pare-balles, Marc n'avait pas eu cette chance, une balle l'avait atteint en pleine tête.

Un faible sifflement sortit Laura de ses pensées. Ce son aigu n'était pas celui d'un quelconque animal, car il était continu, un animal aurait dû reprendre sa respiration. Impossible de situer la source, on aurait dit que le son venait de toutes les directions à la fois et remplissait l'espace sombre autour d'eux.

Le son s'amplifia en même temps qu'une lueur apparut sur l'océan. Un halo luminescent blanc-gris flottait au-dessus des vagues et semblait se diriger vers eux. Le son se fit de plus en plus intense, mais resta supportable.

Peut-être un bateau, se dit Laura.

Elle saisit la radio et souffla doucement.

— « *Riagal pour Laura, vous voyez quelque chose droit devant sur l'océan ?* »

— « *Rien, absolument rien, c'est le noir complet* » répondit Conrad.

Le halo de lumière était maintenant au bord de l'eau sur la plage et semblait avoir stoppé. Par contre, le sifflement devenait de plus en plus strident et commençait à gêner Laura et Duncan.

— Nous devrions nous rapprocher pour faire cesser ce sifflement, ça devient insupportable, dit Duncan.

À peine étaient-ils sortis de leur cache que la lueur se remit en marche. On aurait dit qu'elle s'était arrêtée pour chercher quelque chose ou quelqu'un. Laura fit signe à Duncan de stopper et ils observèrent le halo éclairant presque toute la plage.

Soudain, la lueur se fit plus ardente et se propulsa instantanément à quelques mètres d'eux. Au centre du halo aveuglant, des contours d'une forme humanoïde prenaient forme, l'intensité lumineuse baissa, laissant apparaître maintenant clairement une femme vêtue d'un long manteau et dont le visage était caché par une capuche.

— Une Banshee ! s'écria Duncan.

Laura n'en croyait pas ses yeux, elle avait devant elle la même femme qu'elle avait vue sur la falaise à Gairloch. Elle se tenait droite devant eux, quelques mèches blondes sortant de la capuche virevoltaient dans le vent.

Laura reprit ses esprits et tenta d'apercevoir le visage de la femme, sans succès, l'ouverture de la capuche restait noire malgré la luminosité. Elle fut envahie par un terrible pressentiment d'une menace imminente, elle saisit sa radio pour déclencher l'intervention de Riagal et Conrad.

— Riagal pour Laura, intervention, intervention !

Le sifflement était devenu intense, elle dut coller la radio à l'oreille pour entendre la réponse de Riagal, mais rien ne vint, la radio resta silencieuse.

— Riagal pour Laura, intervention Riagal ! Vite !

La radio restait toujours muette, elle regarda Duncan dont le visage traduisait une profonde peur et en même temps une résignation. Duncan était convaincu que la Banshee était là pour lui, pour annoncer sa mort, et le tuer.

Le sifflement stoppa net, un silence de mort s'établit sur la plage, seulement troublé par le son cadencé des vagues. Laura et Duncan soufflèrent de soulagement, le sifflement les avait mis au bord de la nausée.

Puis lentement, le visage d'une jeune femme sortit de l'ombre de la capuche. Ses traits étaient harmonieux, plutôt jolis : Visage rehaussé par des pommettes saillantes, yeux en amandes d'un bleu profond et fines lèvres. Son teint en revanche paraissait pâle, presque gris, ce qui contrastait avec la jeunesse du visage. Les yeux bleu acier se posèrent d'abord sur Laura, puis vinrent se planter sur Duncan.

En un éclair, la fine bouche de la jeune fille s'ouvrit démesurément à la manière d'un serpent qui va gober sa proie. Le visage si agréable se déforma en suivant le mouvement de la mâchoire inférieure, les yeux s'ouvrirent en grand, deux billes noires avaient remplacé les jolis yeux bleus. La bouche de la Banshee laissait apparaître un trou béant noir, comme si rien n'existait dans la gorge de la jeune fille. Au paroxysme de la transformation du visage, un son strident d'une puissance inouïe fut dirigé vers Duncan.

Le cri de la Banshee, se dit Laura.

Duncan luttait contre la puissance de cette résonance qui lui vrillait le cerveau, des vagues de nausée l'envahissaient le paralysant littéralement sur place. Petit à petit, il s'approchait, il avait réussi à poser une main sur le manche de son Kriss qu'il avait tenu à emporter.

Laura s'était ramassée sur elle-même, en position fœtale, elle se bouchait les oreilles des deux mains pour atténuer les cris de la Banshee, mais rien n'y faisait, le son continuait à lui broyer le cerveau. Elle jeta un regard vers Duncan aux prises avec la messagère de la mort. Tout son être traduisait une souffrance insupportable, son visage se tordait de douleur et un fin filet de sang sortait de son oreille gauche.

Malgré tout, Duncan avait réussi à dégainer son Kriss et s'apprêtait à frapper la messagère des ténèbres. Comme dans la vision sur la falaise à Gairloch, Laura vit clairement Duncan se jeter sur la Banshee, poignard en avant pour lui porter un coup fatal. La vibration tripla d'intensité au moment où le coup allait porter et il fut violemment projeté sur le côté s'affalant lourdement sur le sable de la plage de Big Sand.

Laura, toujours recroquevillée, sombrait lentement dans un demi-coma, la vibration avait annihilé toute volonté de combattre. Un profond sentiment de tristesse l'envahit, elle se remémora la mort de Marc, les regards pleins de chagrin de sa femme et de ses enfants. Elle se sentait tellement responsable de cette mort qu'elle n'avait pas pu éviter. Alors, elle décida de ne plus opposer aucune résistance, elle se laissa glisser vers l'inévitable.

Elle n'entendait plus la vibration, marchant maintenant dans un couloir sombre au bout duquel brillait une lumière blanche et apaisante.

Soudain, un homme grand lui barra le passage, les bras croisés avec autorité, il la regardait droit dans les yeux. Laura s'arrêta pour mieux observer l'homme qui malgré son aspect sévère, ne lui fit pas peur. Il portait l'habit traditionnel écossais et le tartan de son kilt était jaune et noir. Elle reconnut le blason sur le béret de laine : le taureau dans une ceinture bouclée, le blason des MacLeod.

L'homme lui parlait rudement dans une langue qu'elle ne comprenait pas, du vieux gaélique, puis tout devint clair.

— ... tu es une MacLeod, et les MacLeod n'abandonnent jamais. Relève-toi ! Hold fast ! Et poursuit le combat, ton travail ici n'est pas terminé.

Laura se souvint que « Hold Fast » était inscrit en auréole au-dessus du blason. C'était la devise des MacLeod : tenir bon. Une vague de colère l'envahit soudainement, elle n'allait pas laisser Duncan mourir, comme Marc, elle allait « tenir bon » et affronter la Banshee. Elle fut brutalement aspirée en arrière et ouvrit les yeux sur la plage de Big Sand.

La messagère des ténèbres hurlait de plus belle vers Duncan étendu au sol. Du sang coulait maintenant de son nez et des deux oreilles, une tache rouge s'étendait sur le sable. C'était clair, elle voulait achever Duncan, elle était venue pour ça.

Quelque chose de brillant à demi enterré dans le sable, attira le regard de Laura. Le Kriss de Duncan était là, à sa portée. Alors dans un effort suprême, elle étendit le bras et saisit l'arme pour en finir avec ce monstre. Pourtant incrédule au monde paranormal, elle sentait que ce poignard spécial était la seule arme contre la Banshee ; de toute façon, il fallait qu'elle tente quelque chose.

Au moment où Laura se saisit du Kriss, la banshee se retourna. Elle ne s'attendait certainement pas à ce changement de situation. Laura se releva et fit un pas, puis un autre vers la messagère dont les hurlements redoublèrent, mais elle « tint bon » et resta debout.

Laura MacLeod ferma les yeux pour rechercher le calme et rassembler toute l'énergie dont elle disposait. Lorsqu'elle sentit qu'une partie de ses forces étaient revenues, elle ouvrit les yeux, fixa la Banshee et fonça comme un taureau sur le monstre.

Le Kriss pénétra la poitrine de la messagère sans faire de bruit, comme si le couteau entrait dans du coton. Le visage de Laura était maintenant à quelques centimètres de celui, hideux de la messagère. Elle tenait toujours fermement le kriss planté dans la poitrine du monstre surpris. Les hurlements cessèrent d'un seul coup, le visage de la banshee redevint celui de la jolie jeune femme puis elle redevint lumière et retourna vers l'océan.

A bout de force, Laura s'écroula sur le sable, elle regarda en direction de Duncan, et ne vit aucun signe de vie. Avait-elle échoué une nouvelle fois ? Elle resta un moment dans le silence de la plage, complètement étourdie, puis elle sentit de l'agitation autour d'elle et quelqu'un lui parlait :

— Laura ! Réponds Laura ! Que s'est-il passé ? Dis-moi que tu vas bien ?

Jamais Laura n'eut autant de joie d'entendre la voix de Riagal.

— Oui, ça va, maintenant ça va, souffla Laura.

— J'étais sûr que quelque chose se passait. Je t'ai appelée à la radio malgré ta consigne de silence et je n'ai eu aucune réponse, alors on a foncé sur la plage, justifia Riagal.

— Et Duncan ? Comment va-t-il ? questionna anxieusement Laura.

— Il est mal en point, mais il est vivant. Conrad a appelé les secours, ils seront là dans quelques minutes.

Laura tenta de se lever, mais elle s'écroula dans les bras de Riagal. Le combat contre la banshee l'avait épuisée, jamais elle n'avait vu une telle puissance. Maintenant, elle savait que le mal pouvait prendre cette forme, aussi malfaisant qu'un sniper sur le toit d'un immeuble.

*

Les couloirs du service de neurologie de l'hôpital de Dingwall respiraient la sérénité et le calme, contrastant avec l'agitation du service des urgences dans lequel ils avaient été admis une semaine plus tôt.

Après quelques jours d'observation et de repos forcé, Laura avait été autorisée à sortir, mais pour Duncan les choses étaient plus compliquées. Aux urgences, les médecins avaient jugé son état grave avec un pronostic vital engagé. Les écoulements sanguins des oreilles et du nez avaient laissé craindre une hémorragie cérébrale.

Fort heureusement, le scanner n'avait révélé aucune lésion sérieuse du cerveau, un œdème avait provoqué un coma au premier stade. D'ailleurs, les médecins n'expliquaient pas l'apparition d'un œdème sans hémorragie cérébrale ni commotion, mais eux non plus n'élucidaient pas tout.

— Comment avez-vous expliqué tout ça aux autorités ? questionna Laura sur le chemin de l'hôpital.

— Nous leur avons inventé un accident de tout terrain sur la plage, répondit Riagal.

Laura fit une moue dubitative. Après avoir parcouru quelques couloirs, ils arrivèrent devant la chambre de Duncan. Riagal poussa doucement la porte sans frapper et découvrit avec surprise Duncan parfaitement réveillé, à demi assis dans son lit. Le visage encore un peu pale, il avait retrouvé la vivacité qui le caractérisait et discutait avec un homme en costume que Riagal prit d'abord pour un médecin.

— Te voilà réveillé, Duncan ! Cela fait plaisir de te voir comme ça.

— Salut, Riagal, je ne vais pas courir un marathon tout de suite, mais ça va.

Laura qui était juste derrière Riagal reconnu l'homme en costume : Cheveux poivre et sel, coupés en brosse, le teint mat qui ne cachait rien de ses origines latines.

— Bonjour Duncan, je suis contente de te voir comme ça, bonjour commissaire.

— Bonjour, Laura, répondit le commissaire

— Riagal, je te présente Anthony Rialgo, commissaire divisionnaire à la DPJ de Lyon, précisa Duncan.

Que fait mon commissaire divisionnaire dans cette chambre d'hôpital en Écosse ?, se demanda Laura.

— Merci Laura, tu m'as sauvé d'une mort certaine, la Banshee était venue pour éliminer celui qui lit les visions de Clogh àm. Mais maintenant, ils savent qu'une deuxième personne peut recevoir les messages de la pierre du temps : Toi Laura.

Laura fut gênée que Duncan parle aussi ouvertement d'ésotérisme devant le commissaire Rialgo et Duncan s'en aperçut et reprit.

— Le commissaire Rialgo est ici pour une raison que je t'expliquerai tout à l'heure. Avant il faut que je te dise : tu as éliminé une Banshee, jamais personne n'a réussi un tel exploit. Notre histoire est remplie de récits qui relatent la mort d'hommes aguerris contre les forces du mal. Ces hommes n'ont pas résisté aux hurlements mortels de la messagère, alors que toi tu as trouvé la ressource non seulement pour résister, mais aussi pour l'éliminer. C'est un exploit.

Face à son commissaire divisionnaire, Laura redevint la capitaine Morand et retrouva ses réflexes d'enquêtrice.

— Je n'ai pas d'explication à cela pour le moment parce que je n'ai aucun indice à me mettre sous la dent. Je suis retournée sur la plage de Big Sand, après un examen minutieux de l'endroit, je n'ai retrouvé aucune trace donc, impossible de démarrer une enquête.

Quelqu'un frappa timidement à la porte de la chambre, Conrad entra doucement, les yeux bleu-azur pétillant de bonheur en voyant son ami rétabli. Il y avait autre chose qui rendait joyeux le vieux marin.

— Bonjour Duncan, ça va Laura ? Sans attendre la réponse, il révéla ce qui le rendait tellement joyeux.

— … J'ai trouvé ce que tu m'as demandé. Le vieil Ecossais que tu as vu lorsque tu étais aux prises avec la Banshee est en fait un de tes ancêtres : John MacLeod mort en 1792.

— Comment peux-tu en être aussi sûr ? demanda Laura.

— Grâce aux couleurs du Tartan, le jaune et noir a été porté seulement par John MacLeod. Par la suite, la famille s'étant enrichie, le tartan s'agrémenta d'autres couleurs, plus nobles, comme le bleu et le vert.

— Et qu'est-il arrivé à ce John MacLeod ? questionna Duncan.

— C'est là où ça devient intéressant, poursuivit Conrad. John MacLeod serait mort sur la plage de Big Sand dans des conditions surprenantes. Une légende raconte qu'il serait parti une nuit vers cette plage pour mener un dernier combat. Mais il n'en sortit pas vainqueur, on retrouva son corps le lendemain, gisant sur cette plage, dans une mare de sang. Le médecin de l'époque qui a examiné le cadavre, décrit que du sang et de la cervelle sortaient des oreilles et du nez. Cela ressemble à l'œuvre d'une Banshee.

C'était donc son ancêtre qui lui avait donné le courage d'affronter la Banshee, lorsqu'elle planait dans les limbes de la mort. Dans un monde paranormal, tout cela se tenait. John MacLeod avait subi les assauts de la Banshee et il savait que le danger était d'abandonner, laissant ainsi le champ libre à la messagère. Ne rien lâcher, tenir bon, c'était cela le secret que lui avait transmis son ancêtre.

— Probablement que John MacLeod appartenait déjà à la confrérie de Clogh àm, dit Duncan puis il poursuivit en regardant Laura.

— …il faut que notre action se poursuive et nous sommes peu nombreux. J'ai besoin de ton talent, Laura. Celui de recevoir les prédictions de la pierre du temps, mais aussi ta force au combat. Je sens en toi cette puissance, la puissance des MacLeod, comme au commencement.

— Je suis flic et on m'attend à Lyon, Duncan. Des gens comptent sur moi là-bas.

Le commissaire Rialgo qui s'était tenu à l'écart jusqu'alors prit la parole dans un anglais presque parfait.

— Laura, tu es certainement un de mes meilleurs éléments et je regretterai ton départ. Mais, il faut que tu saches que la police française collabore secrètement avec la confrérie de Clogh àm, et pas uniquement en Écosse. Tous les gouvernements du monde ou presque… soutiennent des sociétés secrètes. Un vaste réseau est entretenu entre de nombreux pays pour lutter contre ces forces, sous toutes ses formes, même les plus anciennes, même les plus … paranormales ! Ce que tu as vécu est bien réel, des forces occultes existent et contaminent notre monde. Dans notre métier de flic, tous les jours nous voyons des exemples vivants de cette contagion. Alors, tu pourras exercer tes talents de flic ici avec Duncan, Riagal et Conrad en restant administrativement rattachée à la police française.

Laura ne fut pas surprise par les propos de son commissaire. Elle avait entendu parler de ces soutiens secrets sans jamais trop y croire. Et puis, elle ressentait au fond qu'elle devait accepter cette proposition, John MacLeod lui avait dit « ton travail n'est pas terminé » était-ce un autre message ?

Laura avait une grande confiance dans l'être humain, elle était persuadée que personne ne naissait mauvais. Les êtres humains se faisaient contaminer lorsqu'une brèche s'ouvrait et elle devait empêcher cela.

— D'accord, dit-elle le regard dans le vide, c'est d'accord, j'accepte la proposition.

D'un seul coup, les visages s'illuminèrent, surtout celui de Riagal. Une indescriptible joie remplit la petite chambre de l'hôpital de Dingwall. Comme si une compagnie allait se mettre en quête, remplie de cet espoir qui fait les hommes et femmes de bonne volonté.

Le messager de Linor

Josh se traînait dans les rues de Chinon, il avait différé jusque-là le moment de prendre le chemin du lycée, mais maintenant, il allait vraiment être en retard. La peste ! Il aurait préféré « geeker » chez lui devant son ordinateur, bien à l'abri de la cruauté du monde ; enfin… Son monde : le lycée. Ce passage incontournable d'une jeunesse à qui les bien-pensants voulaient donner un avenir. Quel avenir se demandait Josh ? Un diplôme qui ne sert à rien pour obtenir un poste ennuyeux dans une grande entreprise ; une femme, des enfants, un chien ; tout aussi ennuyeux.

Déjà au loin, il voyait son calvaire approcher inexorablement : Cosme et son petit groupe de leaders du lycée. Une belle bande de brutes dont le niveau intellectuel ne dépassait pas celui d'une huître, mais qui pourtant attiraient toutes les filles, renforçant encore leur souveraineté.

Josh était plutôt réservé, bon élève, mais peu enclin à suer eau et sang sur le terrain de sport, en revanche il devenait « champion du monde » quand il s'agissait d'informatique. C'est d'ailleurs avec ses machines qu'il passait le plus clair de son temps, au grand désespoir de ses parents qui auraient voulu qu'il ait une véritable vie sociale.

Le lycée était implanté sur la rive droite de la Vienne et pour le rejoindre il emprunta le pont Aliénor d'Aquitaine menant au quartier Saint Jacques. Comme toujours, Josh marchait en regardant ses chaussures, histoire de ne pas s'attirer les foudres de

Cosme sensible aux regards en croix. Soudain, son attention fut attirée par un groupe de personnes agglutinées sur le pont qui regardaient le fleuve pourtant tranquille à cette époque.

Leurs mines consternées poussèrent Josh à s'arrêter et scruter l'endroit qui provoquait les éclats de voix des badauds attroupés. Au début, il ne vit rien de spécial, personne ne se noyait, aucun silure géant à l'horizon, puis en regardant plus attentivement il remarqua qu'une partie de l'eau coulait à contre sens. Ce petit bout de fleuve, pas plus large d'un mètre ou deux, coulait à l'envers. Même la couleur de l'eau n'était pas identique au reste, on aurait dit que cette petite partie était plus claire, plus propre.

Sûrement un phénomène hydrologique explicable, se dit Josh, pas plus impressionné que ça.

Ce phénomène suscitait tellement d'intérêts que même Sa Majesté Cosme et sa petite cour allaient de suppositions en hypothèses toutes plus vraies les unes que les autres, bien sûr. Josh profita de cette opportunité pour passer au travers des mailles du filet et se glisser en cours.

*

Bonne journée finalement, conclut Josh de retour dans son antre. Il avait échappé au courroux de Cosme et le cours de physique, souvent barbant, avait pris une tournure intéressante. Le phénomène observé dans le fleuve avait déclenché un tsunami au lycée, certes il en fallait peu. Du coup le cours s'était orienté vers une énumération de phénomènes identiques de par le monde, mais raconté avec passion par un enseignant ragaillardi. Ainsi, Monsieur Gary avait expliqué, avec force gestes et croquis, des principes d'illusion d'optique à un aréopage de têtes boutonneuses qui avaient depuis longtemps interrompu leur processus de réflexion.

Bref, pour le moment Josh avait d'autres préoccupations, il surfait sur le Darknet, le fameux réseau souterrain où tout ce qui devait être tenu secret s'y trouvait.

Les pages web défilaient, soudain son attention fut attirée par un site nommé « *Le messager de Linor* ». Josh cliqua sur le lien, et une fenêtre s'ouvrit. Il reconnut tout de suite un programme de messagerie instantanée et s'y connecta. Une seule personne était en ligne sous le pseudo « *Gwendoline* ». Intrigué, il tenta une approche circonspecte :

> Salut

Une poignée de secondes s'écoulèrent sans qu'aucune réponse n'arrive.

Pas grand monde sur ce réseau, se dit-il.

Il s'apprêtait à revenir à ses errances sur le réseau *underground*, lorsqu'une réponse curieuse s'afficha dans la petite fenêtre.

> Salutations, messire !

Surpris par cette réponse pour le moins insolite, Josh eut envie d'en savoir plus.

> Qui êtes-vous ?

> Je suis damoiselle Gwendoline de Linor et vous messire ?

OK ! se dit Josh. *Encore un de ces illuminés du moyen âge, resté perché dans son monde médiéval.*

Mais il avait envie de s'amuser un peu, il écrivit pompeusement :

> Je me nomme Josh de Chinon

> Ravissement messire, de quelle contrée êtes-vous ?

> Du département d'Indre et Loire en France et toi ?

> Je ne connais pas cette contrée ni ce royaume

Bon, OK, je ne suis pas féru d'histoire médiévale, Gwendoline, on peut avoir une discussion normale ?

Mais je suis sérieuse !!!

La conversation virait à l'ennui, Josh savait que pour communiquer avec ces gens il fallait entrer dans leur monde, ce qu'il n'avait pas envie de faire. Alors il décida de mettre un terme au fil de discussion, lorsqu'un dernier message apparut.

Attendez avant de partir ! J'ai une ultime question.

Vas-y...

Avez-vous observé ces derniers temps des phénomènes bizarres ?

Cette question troubla Josh, il allait répondre lorsqu'un cri tonitruant résonna dans la cage d'escalier qui menait à sa chambre.

— Josh, à table !!!

Déjà vingt heures, le temps avait filé à la vitesse d'un TGV et les révisions pour l'interro de math du lendemain étaient passées à la trappe.

— OK, j'arrive, lança-t-il.

Mais, en revenant à l'écran, le programme de messagerie avait disparu, laissant à la place une page de publicité.

*

Josh s'emmitoufla dans son *trench-coat*, décidément ces matins d'octobre étaient particulièrement froids. Il marchait le long de la Vienne, devant lui la forteresse royale sortait majestueusement de la nuit et les couleurs mordorées du petit matin lui redonnaient un peu de sa splendeur d'autrefois.

Cette image aurait plu à Gwendoline, pensa-t-il.

Une bonne partie de la nuit, son cerveau avait tourné en boucle sur la conversation insolite de la veille au soir… Qui était donc derrière ce pseudo ? Pourquoi cette étrange question ? Après le repas, il avait bien tenté de retrouver le lien pour se reconnecter au site de messagerie instantanée, mais, inexorablement, il arrivait sur cette foutue page de pub.

Une dure journée s'annonçait, les cours allaient s'enchaîner sans interruption jusqu'à dix-huit heures avec en prime un contrôle de math ce matin. Cette interro qu'il avait mal préparée, même pas préparée du tout, tant pis, comme d'habitude il allait improviser avec ses souvenirs de la leçon.

Soudain, en regardant la forteresse, il vit apparaître les tours et murs d'enceinte qui d'habitude manquaient. Il crut d'abord à un effet d'optique, mais plus il s'approchait, plus l'image devenait claire. Et maintenant une forteresse pimpante apparut sous ses yeux ébahis. Des bannières colorées flottaient sur les tours de garde, mais, trop éloigné, il ne put détailler que la plus grande. Sur un fond rouge, une licorne se cabrait au-dessus d'un lion soumis.

Josh resta figé comme hypnotisé par cette image venue d'un autre âge. Tout paraissait tellement réel, il crut même apercevoir un garde faire les cent pas sur le chemin de ronde. Pourtant, cette vision moyenâgeuse contrastait avec les câbles électriques qui alimentaient les habitations en contrebas, on aurait dit qu'un morceau de moyen âge était venu supplanter une partie du vingt et unième siècle.

Mais que se passait-il depuis hier, songea Josh. *D'abord, la portion de fleuve qui coule en contresens, ensuite ma connexion avec cette messagerie instantanée bizarre, et maintenant la forteresse.*

Tout à coup, une grande claque dans le dos le fit sortir brutalement de sa contemplation et le projeta en avant. Cosme, il ne l'avait pas vu arriver.

— Alors, gueule de clavier, tu bogues ?

— Regarde la forteresse, souffla Josh en reprenant sa respiration.

— Ben, j'vois rien, blaireau informatisé, cracha Cosme ; ce qui fit rire les deux membres de sa cour qui lui collaient aux basques comme du chewing-gum à une semelle.

Josh leva les yeux. Effectivement, la forteresse avait repris sa forme habituelle. Outre l'étrangeté de la situation, il sentit arriver les ennuis, il n'avait plus rien pour faire diversion.

— J'te jure que la forteresse était toute neuve, il y a dix secondes, balbutia Josh

— Ah, Josh, tu passes trop de temps devant ton ordi, lui lança Cosme en s'approchant dangereusement.

— Bon, OK, j'ai dû rêver, dit-il en baissant les yeux et en tentant une échappée vers le lycée.

Cependant, Cosme était bien décidé à assouvir, une fois de plus, sa suprématie sur le pauvre Josh. Que pouvait-il faire avec ses quarante-cinq kilos tout mouillé, face à cette montagne de muscles ? Le courage ne suffit pas lorsque les forces en jeu sont inégales, il ne lui restait plus que la fuite, pas très courageuse, mais au moins, il ne rentrerait pas couvert d'ecchymoses ou trempé comme une soupe parce que Cosme l'aurait jeté dans le fleuve. Josh s'apprêtait à esquiver le premier assaut de la brute, lorsqu'il entendit une voix calme et puissante venir de derrière lui :

— Fous-lui la paix, Cosme !

C'était Dimitri, un nouveau venu au lycée cette année, personne ne savait d'où il venait, et il se mettait souvent à l'écart des autres, le nez dans un bouquin. D'ordinaire, il ne se mêlait pas des rivalités entre lycéens, mais cette fois il prenait la défense de Josh.

— Ben, j'veux juste rigoler un peu, railla Cosme.

Dimitri posa son sac à dos et s'approcha de Cosme.

— Tu veux que je m'amuse avec toi et les deux décérébrés qui te suivent partout ?

Les deux décérébrés en question perdirent leur sourire, Cosme resta un moment silencieux, puis, pour ne pas perdre la face, il lança :

— Une autre fois, Dimitri, si je ne suis pas à l'heure au bahut le proviseur va me virer.

Dimitri dominait Cosme d'une tête, sa largeur d'épaules et ses cheveux blonds coiffés en brosse lui donnaient une allure de lutteur russe.

— Alors, dépêche-toi ! rugit-il.

Cosme afficha un petit sourire caustique et, avec une lenteur provocante, il reprit le chemin du lycée.

Josh souffla, il venait d'échapper aux humiliations de son ennemi juré.

— Merci, balbutia Josh.

— Y pas d'quoi, répondit Dimitri en reprenant son chemin.

Toutefois, Josh avait toujours en tête l'image de la forteresse, Dimitri l'avait peut-être vue lui aussi, il fallait qu'il le lui demande. À grandes enjambées, il le rattrapa et, arrivé à sa hauteur, il osa le questionner.

— Dimitri, t'as pas vu un truc bizarre sur la forteresse tout à l'heure ?

— Ouais, répondit-il laconiquement.

— C'est quoi à ton avis ?

— J'en sais rien, mais t'as encore rien vu.

— Ah bon ! Y a d'autres phénomènes ?

— Ouais, si tu veux voir des trucs vraiment bizarres, rejoins-moi ce soir après les cours.

— D'accord, lança Josh et ils poursuivirent leur chemin en silence.

Dix-huit heures sonnèrent enfin, Josh était impatient de retrouver Dimitri, intrigué par les propos qu'il lui avait tenus ce matin. La journée s'était étirée lentement, les cours s'étaient succédé selon un rythme immuable et dans un ordre académique. Souvent, Josh avait l'impression d'être un objet qu'on assemble sur une ligne de montage de laquelle il est surtout interdit de sortir sous peine de mise au rebut.

Où était la liberté de choisir son avenir dans ces usines à citoyens ? Lorsque certains de ses camarades ne pensaient qu'aux classes prépa et autres écoles de commerce prestigieuses, lui ne rêvait que de rushs de programmation, de défis de hacking et de sécurité de réseau. Toute la question était de savoir comment il pouvait lier cette passion à un avenir sûr et confortable voulu ou imposé par ses parents. Il avait bien une idée, mais il fallait qu'il convainque l'autorité parentale, et ce n'était pas gagné.

Dimitri avait tenu sa promesse et l'attendait adossé au mur d'entrée du lycée. En le voyant ainsi patienter, il fut envahi par un sentiment étrange. Lui qui d'ordinaire n'aurait pas parié un kopeck sur la nature humaine, d'un seul coup, il avait envie de faire confiance. Les évènements de ce matin n'y étaient pas étrangers, c'était la première fois que quelqu'un prenait sa défense depuis la maternelle, mais aussi parce qu'il en avait assez de cette solitude.

Dimitri rangea son sacro-saint bouquin dans son sac et entraîna Josh vers un chemin de terre le long de la Vienne, pas très loin du lycée. Ils marchèrent en silence pendant une demi-heure et arrivèrent près d'un étang entouré de chênes dont les feuilles n'étaient pas encore toutes tombées. Une large plage de quelques mètres permettait sûrement aux pêcheurs de s'installer. Dimitri s'assit sur le sable gris.

— Je viens ici pour lire tranquillement, lâcha-t-il.

Josh s'assie à ses côtés. Ce garçon solitaire, venu de nulle part, éveilla sa curiosité, il avait envie d'en savoir un peu plus.

— D'où tu viens Dimitri ? osa Josh.

La question surprit le colosse blond, et Josh lut dans son regard une profonde tristesse.

— De nulle part…, répondit-il en fixant le sol, presque gêné de répondre.

Comme si cette question avait fait déferler des souvenirs malheureux,

— … mes parents sont morts quand j'avais cinq ans, poursuivit-il. Depuis, je vis de familles d'accueil en foyers.

— Désolé, souffla Josh qui ne voulait pas casser cette amitié naissance à cause de sa maladresse.

— Pas grave, c'est ma vie.

Puis, il poursuivit après un silence pesant :

— C'est difficile de trouver une famille d'accueil. Ben oui ! Les gens préfèrent des petits tout mignons, et moi avec ma tronche de boxeur, je n'ai jamais été mignon, railla-t-il.

Alors que les deux nouveaux amis pouffaient sans grand bruit, un grésillement à peine plus audible troubla la quiétude de l'endroit et leur soudaine complicité.

— Regarde sur la rive de l'étang juste en face de nous, interrompit doucement Dimitri.

Josh fixa l'endroit : une luminosité grise envahissait les lieux, mais suffisante pour apercevoir les roseaux qui disparurent pour laisser la place à un ponton fait de rondins de bois parfaitement alignés qui s'avançait dans l'étang.

Puis une barque apparut, couleur argentée glissant en silence vers l'embarcadère. Le pilote lança une corde à une poignée d'hommes sur la plateforme qui amarrèrent le bateau à un anneau, avant d'entreprendre le déchargement de caisses en bois.

Josh n'en croyait pas ses yeux, une fenêtre, montrant un morceau d'un petit port fluvial était apparue, devant lui. Comment cela était possible ? Ce modeste étang n'était ouvert sur aucun fleuve, aucune mer. Puis l'image se brouilla, et tout redevint comme avant.

— Waouh ! s'écria Josh.

— Et ça se produit tous les jours. À chaque fois une scène différente, comme si une porte s'ouvrait régulièrement, répondit tranquillement Dimitri.

— On aurait dit un port, c'est impossible sur un petit étang.

— J'ai fait quelques recherches, il y a cinq cents ans cet étang était raccordé à la Vienne bien plus haute que maintenant, mais je n'ai pas trouvé la trace d'un quelconque port, c'est vraiment bizarre.

— Donc, on ne peut pas dire que c'est une image du passé.

— Non, souffla Dimitri en se levant.

— Et puis le ponton et la barque ne semblent pas dater de l'époque du moyen âge non plus.

— C'est ça le plus étrange, c'est trop bien fait… Bon ! Il faut que je rentre, le surveillant du foyer va me tuer.

— J'en sais quelque chose, répondit Josh en riant.

Les deux amis reprirent la direction du lycée et, tout en marchant, Josh expliqua à Dimitri la conversation étrange qu'il avait eue sur la messagerie instantanée, puis ils se séparèrent, se promettant de poursuivre leurs investigations dès demain.

*

Sitôt de retour chez lui, Josh programma une alerte pour l'avertir de l'apparition du site de messagerie « *Le messager de Linor* », puis il débuta une recherche sur les phénomènes particulièrement étranges dans le monde ; si quelqu'un avait relaté ce genre d'évènements, c'était sur le darknet qu'il le trouverait.

Au bout de quelques minutes, il tomba sur un blog canadien révélant des manifestations curieuses observées récemment dans sa région. Il relatait entre autres, l'apparition d'images bizarres, voire d'endroits où le paysage avait été remplacé par... rien, un trou noir. Le blogueur avait pris la peine de placer un point pour chaque observation sur une carte et les points étaient parfaitement alignés sur un axe. Josh en fit de même avec les anomalies qu'il avait relevées, et, avec stupéfaction, il constata que ces marques étaient parfaitement alignées avec celles du blogueur canadien : une ligne d'est en ouest à une latitude de 46°.

Soudain, un bip résonna dans la pièce, faisant sursauter Josh. « *Le messager de Linor* » avait été détecté. Aussitôt, il s'y connecta et engagea un fil de conversation avec le seul pseudo présent : Gwendoline.

> Salut

La réponse ne se fit pas attendre

> Salutations messire, il faut que je vous parle, il y a urgence !

> Moi aussi, j'ai des choses à te dire

> Messire Josh, avez-vous observé des phénomènes insolites ?

Mais qui
êtes-vous ?

La connexion avec votre
monde n'est pas stable, je
vous en conjure, messire,
répondez à ma question...

La connexion avec mon monde... c'est quoi cette plaisanterie ? se dit Josh.

Il avait suffisamment vu de bizarreries aujourd'hui pour faire confiance à Gwendoline. Et puis que risquait-il ?

Oui, il y a plein de
trucs étranges dans
mon « monde »

Narrez-les-moi, je vous
en conjure, messire

Josh expliqua en détail tout ce qu'il avait vu ces deniers jours : le cours d'eau à l'envers, la forteresse toute neuve, et le ponton aux pêcheurs. Il lui fit part aussi de la découverte du blog canadien et de l'alignement des phénomènes. Il termina par la description de la bannière à la licorne. La fenêtre de réponse resta vide quelques minutes, puis :

Nos mondes sombrent
dans le néant, messire
Josh

Je ne comprends
pas, Gwendoline

C'est normal, messire.
Votre monde n'a pas les
connaissances nécessaires

Josh comprenait ce que Gwendoline lui écrivait, il avait lu des articles sur le sujet dans une revue scientifique, mais il avait retenu que tout cela n'était que des théories.

La connexion devenait de plus en plus instable, Josh avait du mal à écrire et, surtout, à lire les réponses de Gwendoline.

La communication se rompit, la page de publicité remplit l'écran, laissant Josh dubitatif. Quelle confiance accorder aux propos de Gwendoline ? Pourtant, les phénomènes étranges se produisaient, il les avait vus de ses propres yeux. Fallait-il qu'il en parle à quelqu'un ? Toutes ces questions qui affluaient le mettaient au bord de la nausée. Une vague d'angoisse le submergea…, et si toutes ces manifestations étaient des signes annonciateurs de la fin du monde, de son monde.

*

Le lendemain, Josh retrouva Dimitri au café français, le repaire des lycéens avant les cours. Il lui raconta la conversation avec Gwendoline et son pressant appel à l'aide. Dimitri, de son côté, avait procédé à des recherches et en était arrivé à la même conclusion que Josh : des phénomènes étranges se produisaient dans le monde, tellement étranges que personne ne voulait les rendre publics de peur d'être pris pour un illuminé. Les deux lycéens cherchèrent la meilleure façon d'agir.

— Prévenir les autorités compétentes prendra trop de temps, et on risque de ne pas être pris au sérieux, intervient Josh.

— Il faut tenter la traversée, affirma Dimitri, que risque-t-on ? Si ça ne marche pas, on ne sera que deux à faire figure d'imbéciles.

Dimitri a raison, pensa Josh.

Si tout cela n'était qu'une machination sortit de l'esprit tordu de Cosme, alors ils seraient la risée du lycée, ça Josh en avait l'habitude. Mais Dimitri lui, ne se laisserait pas faire.

— Ok je te suis, lança Josh.

— Je pense que le passage spatio-temporel dont a parlé Gwendoline, c'est le ponton de l'étang, le phénomène se produit toutes les heures. Si mes calculs sont exacts, ça va se produire dans vingt-cinq minutes, allez ! On y va, dit-il en entraînant le pauvre Josh pas vraiment rassuré.

Arrivés à l'étang, ils se tapirent dans les fougères à quelques mètres de l'endroit où devait apparaître l'embarcadère. Ils patientèrent en silence ; une légère brise faisait bruisser les feuilles des arbres et quelques coassements émis par les habitants du bassin troublaient la quiétude du lieu. Ils n'attendirent pas longtemps, le ponton apparut dans un halo de lumière trouble. Il était désert, une aubaine pour les deux aventuriers qui sortirent prudemment de leur cachette. Dimitri voulut foncer vers la plateforme, mais Josh le retint.

— Attends, lui dit-il, tu vois la limite entre notre monde et l'autre ?

Dimitri remarqua la différence de végétation de part et d'autre d'une ligne invisible. Du côté du ponton, la flore était beaucoup plus luxuriante, l'herbe, plus verte et plus touffue, semblait proliférer avec aisance sur les bords de l'étang. Le plan d'eau lui-même paraissait plus clair, il était parcouru de petites ondulations poussées par une brise.

Avec une légère défiance, Josh avança vers la démarcation et jeta une branche de l'autre côté, celle-ci retomba lourdement non loin de l'étang sans détérioration apparente.

— Il a l'air entier, souffla Josh, on y a va ?

Dimitri regarda Josh avec un petit sourire en coin et déclara avec gouaille :

— Ce monde est peut-être meilleur que le nôtre !

Les deux amis plongèrent dans ce monde inconnu, juste à temps, car la fenêtre temporelle se referma derrière eux. Ils avaient, maintenant sous les yeux, non pas un étang, mais un lac, dont l'extrémité se confondait avec l'horizon.

Sur leur droite, ils découvrirent un vrai port où étaient accostés quelques bateaux de taille moyenne, fait de cette matière argentée, le ponton ne devait être qu'une installation annexe pour les pêcheurs locaux. Une immense forteresse construite sur une colline dominait ce port fluvial, une bannière représentant une licorne flottait fièrement sur l'une des tours.

— C'est la forteresse de Gwendoline, déclara Josh en désignant le château.

Il entraîna son ami sur un petit chemin qui serpentait vers le port et la forteresse. Les deux amis marchèrent en silence, observant leur environnement qui leur donnait une impression étrange. Tout était plus grand, plus développé dans ce monde. Les arbres et la végétation qui bordaient le chemin semblaient de même espèce que dans leur monde, mais nettement plus luxuriants.

Quant au chemin, il paraissait fait de terre battue, mais n'était pas défoncé comme il aurait pu l'être dans leur monde. Josh s'arrêta pour examiner la texture du sentier, une fine couche d'un sable calcaire recouvrait une structure plus dure, faite d'une matière que les deux amis ne connaissaient pas.

Le sentier déboucha sur une petite ville en contrebas de la forteresse, les maisons, fabriquées en pierre de tuffeau, ressemblaient à celles de Chinon, mais en beaucoup plus grandes, elles aussi, et plus récentes, les rues parfaitement propres donnaient envie de musarder. Des personnes vaquaient à leurs occupations et paraissaient heureuses et souriantes, malgré, de temps à autre, des regards étonnés vers les deux compères.

Pas surprenant, leurs vêtements détonnaient avec ceux des habitants : les hommes portaient des pantalons de lin sur des bottes courtes en cuir blanc, une tunique multicolore complétait cette tenue confortable. Les femmes, quant à elles, arboraient des vêtements bigarrés, allant de la robe longue recouverte d'un manteau à capuche au pantalon et tunique identiques à celui des hommes, toujours beaucoup plus colorés.

En arrivant dans ce qui ressemblait à un centre-ville, Josh et Dimitri furent envahis par des odeurs d'épices, de fruits frais et viandes grillées. Effectivement, la place, au centre de laquelle trônait une fontaine, était entourée d'échoppes et d'étalages simplement garnis de marchandises alléchantes. En y regardant de plus près, chacun des produits paraissait plus gros, plus charnu, même les couleurs étaient plus éclatantes suggérant une prospérité agricole.

Une large avenue, bordée de mâts sur lesquels flottaient des bannières bariolées, menait à l'entrée de la forteresse. Dimitri et Josh prenaient cette direction lorsqu'un homme de forte corpulence, les mains sur les hanches, leur barra le passage.

— Eh ! Les damoiseaux, y vont bien manger un ou deux pilons de poulet.

Effectivement, une odeur de viande rôtie venait caresser les narines des deux aventuriers leur rappelant qu'il ne devait pas être loin de midi.

— Ce serait avec plaisir, Monsieur, mais nous n'avons pas de quoi vous payer, répliqua Josh à l'homme dont la bonhommie donnait confiance.

— Payer ? Que veut dire ce mot ? questionna l'homme replet qu'ils assimilèrent à un boucher.

— Et bien… Là d'où nous venons, les clients doivent donner quelque chose en échange d'un objet, d'un aliment ou d'un service, et cela s'appelle « payer », tenta d'expliquer Dimitri.

Le boucher fronça les sourcils en signe d'incompréhension et déjà un attroupement de badauds s'était formé autour d'eux.

— Payer ! Client ! J'comprends rien à c'que vous m'dites, jouvenceaux. Ici, tout le monde prend ce dont il a besoin, nous prenons soin des uns et des autres. Allez, venez vous restaurer, vous êtes pâles comme des morts.

Le boucher leur tendit chacun un pilon de poulet que nos jeunes aventuriers dévorèrent. Puis, ce fut au tour du boulanger qui leur apporta une miche de pain, et, de fil en aiguille, chacun leur apporta sa spécialité : charcuterie, fromage, fruits, même un petit vin léger. Ainsi repus, ils reprirent le chemin de la forteresse, les « marchands » les avaient chaleureusement salués sans leur poser de question, ils avaient simplement pris soin d'eux, comme s'il était de leur devoir d'agir ainsi.

Après avoir remonté la large avenue, ils arrivèrent à l'entrée de la forteresse, une tour ornée d'une horloge dominait une voûte de pierre. Ce fut sûrement l'air perdu des deux compères qui attira l'attention d'un homme de forte carrure. Malgré un harnachement qui ressemblait à celui d'un soldat, l'homme n'était pas armé. Il s'avança et, avec beaucoup de courtoisie, leur demanda :

— Salutations messires, je vous vois un peu perdus dans notre bonne ville de Linor, que puis-je faire pour vous ?

— Nous cherchons dame Gwendoline, rétorqua Josh avec aplomb.

L'homme perdit aussitôt sa jovialité, et ses traits devinrent austères. Il balbutia.

— Vous êtes Messire Josh, dame Gwendoline vous attend. Je vais vous y mener.

Josh et Dimitri suivirent l'homme sur la grande esplanade ceinte de hautes murailles. Des bâtiments plus grands que les maisons de la ville étaient adossées aux remparts. Hommes et femmes, arborant des mines sévères, rentraient et sortaient frénétiquement des locaux. La tension était palpable, contrastant avec l'ambiance sereine de la ville.

Ils pénétrèrent dans un édifice par une porte imposante qui donnait sur un escalier de marbre. Au premier étage, un long couloir les mena à une porte entrouverte. L'homme qui n'avait pas dit un mot durant le trajet tapa quelques coups discrets à la porte et souffla respectueusement :

— Dame de Brême, Messire Josh est arrivé.

La porte s'ouvrit largement, et une jeune femme aux cheveux blonds tirés en arrière apparut. Ses yeux couleur acier scrutèrent les deux lycéens qu'elle mit de suite en émoi.

— Merci, messire Jeofroy, entrez, dit-elle à l'encontre de Josh et Dimitri.

— Tu… Vous êtes Gwendoline, bégaya Josh.

— Je m'appelle Gwendoline de Brême, et voici messire Jeofroy de Bellic, mon conseiller en sécurité, dit-elle en désignant l'homme qui les avait guidés jusqu'ici.

— Heureux de faire votre connaissance, balbutia-t-il.

— Merci d'être venu, il y a urgence messire, mais… je ne connais point votre compagnon.

— Oh pardon, je vous présente mon ami Dimitri.

— Très bien, dit-elle, nous aurons besoin de toutes les bonnes volontés.

Elle fit entrer Josh et Dimitri dans une pièce où un bureau en bois ouvragé occupait l'espace central. Quelques bibliothèques adossées aux murs de pierre rassemblaient des ouvrages aux reliures de cuir, tout faisait penser à une époque ancienne, sauf l'éclairage.

En effet, des boules lumineuses diffusant une lumière blanche, semblaient accrochées aux murs, mais, lorsqu'ils se déplacèrent dans la pièce, les sphères éclairantes les suivirent, donnant ainsi aux occupants la luminosité dont ils avaient besoin.

— Installez-vous confortablement, dit-elle en indiquant un sofa.

Le conseiller en sécurité se retira, laissant Gwendoline et les deux lycéens dans l'intimité du bureau.

Elle s'installa à son tour dans un fauteuil en face d'eux et poursuivit.

— … vous avez fait un long voyage pour venir, et je vous en suis très reconnaissante.

— J'ai… j'ai du mal à comprendre tout cela, dame Gwendoline, bredouilla Josh.

— Je sais, et je vous dois une explication. Je suis Mastéria du canton de Linor, j'ai la responsabilité de la sécurité et de l'équilibre de notre petit monde, comme toutes les Mastérias des autres cantons. Depuis quelques cycles, nous constatons un déséquilibre dans la trame temporelle de nos mondes, ce qui provoque quelques… désordres.

— Alors, les univers parallèles existent, lâcha pensivement Dimitri.

— Oui, tout cela n'est qu'une théorie dans votre monde, mais ici c'est bien réel. Pour comprendre, il faut imaginer que l'espace-temps est constitué d'une infinité de trames, les unes sur les autres, à la manière d'un mille-feuille. Si un évènement majeur intervient dans le continuum temporel d'un monde, on appelle cela une divergence, un monde parallèle se crée dans une couche temporelle libre. Et c'est ce qui est arrivé, il y a presque sept siècles.

— Qu'est-ce qui est arrivé ?

— Lorsque nous partagions la même trame temporelle, les alchimistes cherchaient la pierre philosophale. Pour beaucoup d'entre eux, cette quête n'avait qu'un seul but : s'enrichir, transformer les métaux en or. Rapidement, ils découvrirent que la transmutation était impossible, mais ils firent des découvertes qui constituent encore aujourd'hui les bases de notre chimie.

— C'est la même histoire dans notre monde, émit timidement Dimitri

— Exactement, répondit tranquillement Gwendoline. Un jour, un alchimiste nommé Pierre de Linor fit une découverte insolite ; il isola un corps d'une roche provenant d'une carrière proche d'ici, un élément dont les propriétés étaient étranges. Ce métal produisait d'innombrables effets selon les sources auxquelles on les soumettait : chaleur, lumière, humidité, courant d'air. Il nomma cet élément Linorium.

— Nous n'avons pas ce métal dans notre monde ? questionna Josh.

— Non, il n'existe pas, car c'est à ce point précis en 1332 que nos mondes se sont séparés. La découverte du Linorium a créé un point de divergence. Avec le Linorium notre monde est devenu prospère, il est la solution à tout. Les cristaux de Linorium nous procurent l'énergie nécessaire à nous chauffer, nous éclairer et à faire fonctionner nos machines. Grâce au Linorium, nos véhicules fonctionnent en générant un champ de gravité, nous pouvons même agir sur la croissance des récoltes, et la liste de ses bienfaits est longue.

— … et vous vous êtes arrêtés là, dit pensivement Josh.

— Hélas oui, le linorium nous procure tout ce dont nous avons besoin ; les récoltes sont toujours très bonnes, l'élevage prospère sans difficulté. Plus de souffrance due à la faim, à la maladie, les gens peuvent vivre indéfiniment, jusqu'au moment où eux-mêmes décident de mourir. Notre société est restée au stade médiéval, un roi dirige le royaume, divisé en cantons supervisés par des Mastérias, il n'y a pas d'échanges commerciaux puisque le Linorium nous apporte tout. La natalité est très faible, vous avez pu constater qu'il n'y a pas beaucoup d'enfants, car les gens vivent très vieux ; cinq, six cents ans. Nous avons arrêté l'évolution…

— Comme les dauphins, coupa Dimitri, vous vous satisfaisiez de votre situation et vous ne cherchiez plus à évoluer.

— Hélas ! Nous avons perdu l'envie de conquérir, de nous battre, de découvrir d'autres horizons ; nous sommes résignés, je pense que c'est pour cela que nos trames spatio-temporelles convergent.

Soudain, un faible grésillement se fit entendre dans la pièce, presque inaudible, mais suffisant pour mettre Dimitri en alerte. Il n'écouta plus les explications de Gwendoline et se mit à scruter la pièce à la recherche d'un indice, car ce bruit, il l'avait déjà entendu, près de l'étang.

La pièce commençait à se remplir d'une légère brume que Josh et Gwendoline, tellement absorbés par leur conversation, n'avaient pas remarquée. Tout à coup, non loin du fauteuil où était assise la jeune femme, une boule noire apparut, au ras du sol.

La sphère se mit à grossir. Dimitri se rua sur Gwendoline et Josh et tenta de les pousser en dehors de la pièce. Josh se retrouva dans le couloir, tombant pratiquement dans les bras de Jeofroy resté en faction devant la porte. Dimitri, tenant Gwendoline par la main, fut stoppé net dans son élan : la jeune femme avait été trop lente ! Malgré la force de Dimitri, la Mastéria était happée par le trou béant, aspirée par une attraction puissante.

Jeofroy se précipita dans la pièce et constata avec effroi que la pauvre Gwendoline était avalée jusqu'à la taille par la cavité noire, Dimitri allongé au sol la retenant de toutes ses forces, essayant tant bien que mal d'éviter les objets qui volaient partout dans la pièce, aspirés par le trou béant.

— Un Phasme, c'est trop tard, elle est perdue ! Le trou va se refermer, et elle sera coupée en deux ! cria Jeofroy tétanisé.

Josh, reprenant ses esprits, se jeta auprès de Dimitri pour l'aider à sortir Gwendoline qui s'enfonçait un peu plus chaque seconde. Dimitri lut de la résignation dans les pupilles de la jeune femme, alors il verrouilla son regard sur le sien et lui dit d'une voix forte et posée :

— Gwendoline, regarde-moi ! Je ne vais pas te laisser, je ne te lâcherai pas, on va te sortir de là.

— C'est inutile, souffla-t-elle. Personne n'échappe à un Phasme…

Le trou commençait à se refermer lentement, attirant toujours Gwendoline vers des profondeurs obscures.

— Rien à foutre d'un phasme ou je ne sais quoi ! Josh prend lui un bras au niveau de l'épaule, ordonna Dimitri.

Josh s'exécuta, et les deux amis s'arc-boutèrent sur la paroi du mur du bureau.

— Je compte jusqu'à trois, et on tire de toutes nos forces, cria-t-il.

Josh regarda Dimitri, il était impressionné par la force physique, mais aussi par la force mentale de son ami, et il avait confiance en lui. Le compte à rebours commença :

— Un…, deux… et trois !

Les deux jeunes lycéens unirent leur force et, dans un effort ultime, ils sortirent la prisonnière juste avant que le trou ne se referme. Gwendoline se retrouva allongée près de Josh et Dimitri dans les décombres du bureau. Jeofroy, le visage blême était resté à l'entrée de la pièce, pétrifié par la peur.

— Ça va ? s'enquit Dimitri à l'encontre de la Mastéria.

— Je crois, répondit-elle, j'ai seulement les jambes engourdies… Josh posa une main sur son mollet d'une pâleur inhabituelle.

— Votre mollet est très froid, il faut vous réchauffer lentement sinon les toxines vont envahir votre corps, et vous risquez de mourir.

Dimitri attrapa l'épaisse couverture qui avait recouvert le sofa maintenant détruit, et emmitoufla la Mastéria.

— Tout ira bien, vous allez vous réchauffer doucement.

— Je me sens déjà mieux, merci, Messire Dimitri, vous m'avez sauvée d'une mort certaine, je vous en saurai gré éternellement.

Dimitri était complètement hypnotisé par le visage diaphane de la jeune femme. Une longue minute s'écoula dans le silence du bureau dévasté. Ils étaient comme soudés l'un à l'autre par ce regard qui en disait long sur leurs sentiments naissants. Ce fut le raclement de gorge discret de Josh qui les sortit de leur torpeur amoureuse.

— Un phasme ? Mais c'est quoi ? interrogea-t-il.

— Encore un passage d'un monde à un autre, mais, cette fois, il débouche sur le vide intersidéral, c'est pour cela que c'est très froid. Personne n'en ressort vivant, vous êtes happés par ce trou entre deux univers, nous n'y pouvons rien.

— Ne soyez pas si résignée, intervint Dimitri, la preuve qu'on peut en sortir, nous l'avons fait.

Dans le couloir, Messire Jeofroy, recroquevillé sur lui-même, tremblait de terreur. Josh s'approcha lentement de lui.

— Messire Jeofroy, tout va bien, c'est terminé, dit-il d'une voix lente et rassurante.

— Non ! C'est la fin du monde, nous allons tous mourir !

Dimitri se leva et s'approcha du pauvre homme.

— Personne ne va mourir, il y a sûrement une solution, nous là trouverons, je vous le jure.

Le conseiller finit par se relever pour retrouver un peu de dignité. Il transpirait tellement de honte que Josh et Dimitri en étaient presque gênés.

— C'est la fin de notre monde, lâcha-t-il en regardant Gwendoline qui se remettait. Nous avons perdu notre courage.

— Il y a de quoi, intervint Gwendoline en se levant. Venez avec moi, je vais vous montrer quelque chose.

Ils quittèrent le bureau pour rejoindre un long couloir au rez-de-chaussée, le conseiller en sécurité qui avait repris ses esprits suivait péniblement. Ils entrèrent dans une grande pièce où se trouvait une dizaine de personnes assises devant des écrans holographiques remplis de chiffres et de courbes. La mastéria indiqua l'un d'entre eux, où deux courbes convergeaient.

— Voici notre salle de surveillance des trames temporelles, et ce que vous avez devant vous représente la convergence de nos mondes. Lorsque les deux traits se toucheront, c'en sera fini de nos univers, nous disparaîtrons.

— Il y a sûrement quelque chose à faire, souffla Josh.

— On ne sait pas exactement comment fonctionnent les trames temporelles, nous pensons seulement que nos deux univers ne divergent pas assez pour s'éloigner et évoluer dans une zone de sécurité, reprit Gwendoline. Nous avons tout essayé, nos alchimistes ont tenté de générer un champ de force avec le Linorium, mais ce fut sans effet, alors nous nous préparons à mourir. Seules les élites ont connaissance de la situation, la population ne sait rien, nous les rassurons en les arrosant d'une vérité tronquée.

Soudain, des cris d'effroi s'élevèrent dans la cour de la forteresse, puis un jeune homme à bout de souffle entra avec fracas dans la salle de surveillance.

— Un Phasme se forme sur la place du marché, dit-il en reprenant sa respiration.

Aussitôt, Dimitri et Josh se précipitèrent à l'extérieur pour se diriger vers la place du village, suivis prudemment par Gwendoline et Jeofroy.

Dimitri arriva le premier à l'endroit même où, une heure plus tôt, on leur avait offert à manger. Au centre de la place, au lieu de la fontaine, un trou ténébreux de plusieurs mètres avalait tout qui se trouvait aux alentours. Tables, chaises, échoppes, et tout ce qui se trouvait sur les étalages volaient vers le vide intersidéral noir et froid.

Le pire était les cinq villageois enfoncés jusqu'à la taille dans le phasme. Ils se tenaient désespérément à une toile provenant d'un auvent d'une boutique. Le tissu, encore accroché à un pilier, menaçait de se déchirer à tout moment, laissant ainsi les pauvres bougres à leur triste sort.

Pourtant, une trentaine de villageois observait la scène, tapis derrière tout ce qui paraissait les protéger. Cependant, ils étaient paralysés par la peur, et résignés.

Dimitri chercha aussitôt une solution pour aider ces gens voués à une mort certaine. Il repéra deux plateaux façonnés dans cette matière argentée et des rouleaux de cordes, le tout lui paraissant suffisamment solide pour échafauder un plan.

— Josh ! Aide-moi à attacher ces cordes aux deux plateaux.

Josh comprit aussitôt le stratagème de Dimitri et s'exécuta.

— Messire Jeofroy !

Ce dernier ne réagit pas, il fixait avec terreur les villageois pris dans le phasme, alors Dimitri s'approcha de lui.

— Jeofroy, j'ai besoin de vous, on va sauver ces gens ensemble, allez courage !

Sur ces mots, le conseiller sortit de sa léthargie et retrouva la dignité qu'il avait perdue.

— D'accord, Messire Dimitri, que puis-je faire ?

— Formez deux colonnes avec des hommes forts et demandez-leur de nous faire glisser sur ces plateaux. Nous allons nous approcher le plus près possible du phasme, et sortir ces pauvres gens en une seule fois. Vous nous ramènerez ensuite.

Le conseiller qui avait retrouvé son autorité donna les ordres pour que deux lignes se forment en tenant les cordes reliées aux plateaux. Les sauveteurs improvisés n'attendaient plus que le commandement de Messire Jeofroy pour laisser filer les plateaux vers le phasme.

Josh et Dimitri se placèrent chacun sur un plateau en se tenant solidement aux rebords, le phasme avait tellement déformé la place du marché que le sol partait en pente raide. Josh regarda son ami et lui souffla.

— Tu es sûr de vouloir faire ça ?

— C'est plus excitant que le lycée non ? répondit-il avec un rictus d'ironie.

Puis il cria à l'encontre du conseiller :

— Messire Jeofroy, nos vies sont entre vos mains, c'est quand vous voulez !

Les plateaux sur lesquels étaient juchés les deux lycéens glissèrent lentement vers les pauvres gens qui avaient retrouvé espoir. Soudain, un énorme craquement fendit l'air, les plateaux furent stoppés net, et des hurlements montèrent : la toile venait de se déchirer et ne tenait plus que par quelques centimètres de tissu. Les cinq villageois s'étaient enfoncés un peu plus vers le vide. Et pour couronner le tout, le phasme commençait à se refermer.

— Dépêchez-vous ! On n'a plus beaucoup de temps ! hurla Josh.

Et les plateaux reprirent leur descente, mais cette fois un peu plus vite. Les deux amis durent se tenir pour ne pas tomber vers l'enfer noir, puis, suivant les ordres de Dimitri, la course se ralentit pour arriver tout près des victimes dont le visage était déformé par la peur.

— Tu en prends deux, et moi trois, braillla Dimitri qui sortait déjà un homme des entrailles funestes.

À son tour, Josh hissa une femme, heureusement elle était légère, mais il eut maille à partir avec un homme un peu plus lourd. Dimitri en était au troisième homme, très corpulent, il tirait de toutes ses forces, mais rien ne bougeait. Josh regardait le trou se refermer, il fallait qu'il fasse quelque chose, alors il rapprocha les deux plateaux, ordonna aux deux hommes que Dimitri venait d'extraire de passer sur son côté et rejoignit son ami pour l'aider. Au passage, il fit signe à Jeofroy de remonter la plateforme avec les trois hommes et la femme.

Puis les amis unirent leurs forces pour sortir l'homme corpulent de l'enfer.

— Ben mes pilons de poulet, y vous ont donné d'la force, railla le boucher.

Dans le feu de l'action, les deux amis n'avaient pas reconnu le boucher.

Le plateau s'ébranla aussitôt, sans que Dimitri, ni Josh n'eussent à en intimer l'ordre. Jeofroy reprenait des initiatives.

C'est bon signe, se dit Dimitri.

Durant la remontée, les trois hommes regardèrent le phasme se refermer lentement, mais, en arrivant presque au sommet de la pente, le nœud qui attachait la corde au plateau se dénoua, et la plateforme redescendit à toute vitesse vers le trou encore béant. Josh et Dimitri fermèrent les yeux, impuissants, accrochés au bord du plateau, priant pour que le phasme disparaisse avant qu'ils ne chutent vers une mort certaine.

Au bout de quelques secondes, ils ressentirent un terrible choc et furent projetés contre une surface dure. En ouvrant les yeux, ils constatèrent qu'ils avaient heurté les restes de la fontaine. Le phasme s'était refermé à temps.

— Pfff ! Ouais, plus excitant que le lycée ! souffla Josh, le visage blême.

— Ouais, sacrée descente, répondit Dimitri presque amusé.

— Frôler deux fois la mort en une journée, c'est pas Dieu possible, railla le boucher en se levant des décombres de la fontaine.

Les villageois, qui avaient retenu leur souffle durant la fabuleuse descente, crièrent de joie et se congratulèrent chaleureusement les uns et les autres, Jeofroy afficha enfin un sourire. Quelque chose venait de changer en eux, ils avaient retrouvé l'envie de se battre ensemble, l'envie de ne pas laisser la fatalité diriger leurs vies.

Josh et Dimitri remontèrent la pente depuis la fontaine en miettes et furent accueillis en héros par les villageois. Les rescapés du phasme leur témoignèrent leur éternelle reconnaissance, et le boucher dit à la cantonade :

— Je vous invite tous à ripailler chez moi ce soir, nom de bleu ! On va quand même pas se laisser mourir de faim !

Gwendoline, qui avait pris part au sauvetage, s'approcha de Dimitri, une fois de plus leurs regards se soudèrent. Ils étaient si proches que leurs mains se frôlèrent, remplissant Dimitri d'un émoi qu'il connaissait pour la première fois. Au-delà des sentiments qu'il éprouvait pour Gwendoline, Dimitri fut envahi par un sentiment de plénitude, comme s'il était enfin rentré chez lui.

— Merci, souffla-t-elle timidement, vous avez fait preuve d'un courage inouï, mais…

Soudain, une jeune femme arriva en courant depuis la forteresse.

— Dame de brème ! La courbe de la trame spatio-temporelle…

La Mastéria n'eut pas le temps de finir sa phrase.

— Oh non, pas maintenant, dit-elle tout bas. Que se passe-t-il, Marianne ?

— La trame s'éloigne, répondit la jeune femme avec un large sourire.

Aussitôt, le visage de la Mastéria s'éclaira, elle avait cru un instant que tout était fini, que les mondes allaient entrer en collision et disparaître. Alors, elle comprit ce qui se passait. Elle se tourna vers Dimitri et lui prit la main, elle avait tellement envie qu'il reste mais s'interdisait de le retenir.

— Messire Dimitri, il ne faut pas que votre décision soit influencée par…

— En aucune façon, Gwendoline, coupa le jeune homme. Dans mon monde, je suis seul, personne ne veut de moi, et je n'y trouve pas ma place. Tandis qu'ici, je me sens presque chez moi. Alors, si vous voulez bien de mon assistance, j'aimerai rester ici, je peux vous aider à entreprendre de nouvelles conquêtes, à vous redonner l'envie d'aventure…

Et Dimitri interpella les villageois qui s'apprêtaient à suivre le boucher pour banqueter. Tous s'arrêtèrent pour l'écouter.

— Nous devons poursuivre notre évolution, sinon nous disparaîtrons comme beaucoup d'espèces avant nous. Elles ont disparu, pas seulement à cause d'une météorite géante ou d'un changement climatique, mais parce qu'elles avaient décidé de se satisfaire de leur état, de ne plus évoluer. Je suis convaincu que notre destinée est d'aller toujours plus loin, d'unir nos forces pour découvrir de nouveaux mondes, pour comprendre ce qui nous entoure. Ne vous êtes-vous jamais posés les questions : d'où venons-nous ? où allons-nous ?

Josh, qui était resté en retrait, n'en croyait pas ses oreilles, le discret Dimitri de Chinon se posait maintenant en leader et tenait un discours presque révolutionnaire à une foule médusée. Puis, ce fut au tour de la Mastéria de s'adresser à la foule qui écoutait en silence, presque troublée.

— Il faut que je vous dise la vérité, notre monde allait disparaître, car les trames temporelles se rapprochaient tellement qu'elles allaient fusionner. Nous avons tout essayé, même avec le Linorium, mais les trames continuaient à converger l'une vers l'autre. Alors, j'ai lancé cet appel par le biais des passages temporaux, un peu comme une bouteille à la mer. Je n'avais plus que ce seul espoir pour créer une divergence entre nos univers. Mais, ne sachant pas comment tout cela pouvait prendre forme, j'ai simplement suivi mon intuition…, et ils sont venus.

— Et maintenant les trames temporelles divergent ? questionna un villageois.

— Oui, je pense que nous avons créé un nouveau point de divergence, poursuivit Gwendoline, je pense que nos actes ont modifié l'avenir. Le sentiment que Dimitri a fait naître dans nos esprits s'étendra à l'ensemble de notre monde. Grâce à vous, nous allons redevenir un peuple de découvreurs, d'aventuriers.

Pas un bruit ne se faisait entendre sur la place ravagée par le phasme, mais la Mastéria poursuivait.

— Il faudra poursuivre nos efforts et colporter cette idée nouvelle de par le monde, et je compte sur vous, Messire Dimitri, vous serez notre Messager de Linor.

Josh, qui observait la scène à l'écart, comprit soudain qu'il rentrerait seul dans son monde, qu'il ne reverrait plus son ami… Ce qui n'échappa pas à Dimitri.

— Josh, lui dit-il en s'approchant, tu resteras mon ami pour l'éternité, même si je ne suis pas avec toi. Toi aussi, tu as un destin, mais c'est à toi de le trouver. Cesse d'avoir peur, bats-toi pour ce que tu veux et ne laisse personne te dicter ce que tu as à faire. Je ne serai jamais bien loin, ce n'est pas une trame temporelle qui m'empêchera de venir te voir.

Les yeux au bord des larmes, Josh sourit malgré lui.

— Je sais, souffla-t-il, ton bonheur est ici, et je suis content pour toi.

— On trouvera le moyen de rester en contact. Maintenant il est temps que tu retournes chez toi, parce que la trame temporelle s'éloigne, et les passages se feront rares.

*

Sur la berge du ponton de Linor, Josh se tenait près de la ligne de démarcation entre les deux mondes, le cœur lourd. Il fit un signe de la main à Gwendoline et Dimitri.

Quelle chance ! se dit-il. *Ils ont un avenir.*

Il franchit la ligne et le passage se referma sur ses deux amis.

*

À Chinon, les jours de novembre s'enfonçaient peu à peu dans l'hiver, et les longs moments de clair-obscur étaient propices à la réflexion. Josh avait repris le chemin du lycée comme si de rien n'était. L'absence de Dimitri avait bien sûr été remarquée, mais elle restait un mystère. Dimitri était parti comme il était arrivé : discrètement.

Josh repensait souvent à cette courte, mais intense aventure qu'il avait partagée avec son ami, et il se demandait souvent ce qu'il pouvait bien faire à Linor avec Gwendoline. En tout cas, lui, il avait pris son destin en main. D'abord avec Cosme, Josh l'avait convaincu qu'il pouvait être son allié en l'aidant dans les matières scientifiques, en échange, il avait obtenu une trêve. De toute façon, leurs chemins allaient se séparer après le bac.

Puis c'est avec ses parents qu'il avait négocié ses futures études. Après d'âpres tractations, il avait obtenu la promesse d'intégrer une école parisienne d'expert en informatique. Lui, de son côté, avait promis de décrocher le bac avec mention, ce qui lui permettrait, si l'école d'expert ne marchait pas de revenir au cursus classique.

Alors, il s'était mis au boulot, et, depuis une semaine, il ne quittait plus sa chambre. Terminées les longues heures sur le net et les défis de hacking, il avait mis tout cela entre parenthèses et s'était mis à bosser… Math, physique et tout la panoplie du parfait lycéen.

Soudain, une série de bip provenant de son ordinateur brisa l'ambiance studieuse. Intrigué, Josh prit les commandes de l'ordinateur et découvrit que la routine à la recherche de la messagerie de Linor tournait toujours en tâche de fond. Il cliqua sur le lien, et une vague de joie le submergea : Dimitri était connecté parmi au moins une centaine de pseudo…

Un message apparut dans la zone de texte :

> Salut, mon ami ! Je t'avais dit que ce n'était pas une trame temporelle qui m'arrêterait…

Loin des yeux…

Vu d'en haut, l'astroport de Gatwick ressemblait à une chenille de verre prise dans une toile d'araignée. C'était la première fois qu'Ecco voyait une telle structure. À quinze ans, elle n'avait rien connu d'autre que la ferme du Yorkshire où elle avait grandi.

La jeune fille faisait partie de ces enfants conçus en incubateur. Comme beaucoup de colons, ses parents avaient enclenché le processus avant de partir pour Antharès, la planète agricole. La vie dans les colonies éloignées de la terre était trop hasardeuse pour élever un enfant. Alors l'éducation se faisait dans des fermes spécialisées. Maintenant, Ecco avait l'âge de les rejoindre et elle s'en faisait une joie immense.

— Arrivée à l'astroport de Gatwick dans trois minutes, annonça le droïde pilote.

Ecco observait son reflet dans la vitre du véhicule gravitationnel. Elle tressait toujours ses cheveux d'ébène en une épaisse natte qui descendait sur son épaule. D'où lui venait cette coquetterie ? Elle n'en savait rien. Pourtant elle ne pouvait se soustraire chaque matin à ce rituel.

— T'as peur ? demanda la petite fille assise à côté d'elle.

— Non, répondit Ecco sortant de sa torpeur. Et toi ?

— J'ai peur du caisson…

— Le caisson ?

— Le caisson anti G…

Antharès se trouvait à cinquante-deux mille années-lumière de la terre. Distance considérable à l'échelle humaine, mais les voyages spatio-temporels par les trous de ver mettaient les galaxies à la portée des humains.

Cependant, l'accélération pour atteindre la vitesse lumière provoquait un écrasement insupportable pour les humains. Les ingénieurs avaient alors mis au point des caissons qui annihilaient la pression mortelle.

— …j'ai pas envie de me retrouver complètement écrabouillée, poursuivit la fillette à peine âgée de dix ans.

— T'en fais pas, y a beaucoup plus d'accidents de gravicar que de caissons anti G, tenta de rassurer Ecco.

— Ouais, répondit la petite fille pas vraiment tranquillisée.

— Tu vas où ? demanda Ecco pour changer de sujet.

— Je vais rejoindre mes parents à Gamo sur Antharès, répondit la fillette avec enthousiasme. Et toi ?

— Pareil, comme tout le monde dans ce gravicar.

Depuis le matin, le véhicule s'était arrêté dans plusieurs fermes et une dizaine de jeunes garçons et filles y avait pris place. Tous étaient issus des incubateurs, Ecco les reconnaissait au bracelet rouge contenant leurs informations individuelles et à la tenue blanche qu'ils portaient comme un uniforme.

— Tu les as déjà vus tes parents ? questionna Ema.

— Non jamais et toi ?

— Jamais, mais je sais que mon père est ingénieur et ma mère exobiologiste.

Ecco n'eut pas le cœur de lui dire que c'est ce qu'on disait à tous les enfants incubateurs.

— Je m'appelle Ema, et toi ?

— Ecco…

— Je suis contente de te connaître, Ecco.

Ecco prit la petite fille par l'épaule et la serra contre elle.

— Moi aussi, Ema. On est amie maintenant.

Le gravicar se posa sans bruit sur l'emplacement de parking réservé au transport de groupe. Un droïde vint les rejoindre pour les prendre en charge.

— Bonjour, je me nomme Maud, dit l'humanoïde avec le sourire agaçant dont il ne se départissait jamais.

— Bonjour, Maud, clamèrent en chœur les plus jeunes.

— Nous embarquerons porte K13, suivez-moi.

Sans bruit, presque mécaniquement, une file de tenues blanches sortit du véhicule pour suivre le droïde dans l'immense hall assourdissant de l'astroport.

Le petit groupe fut conduit directement à la porte d'embarquement sous le regard curieux des passagers en attente.

— Pourquoi ils nous regardent comme ça ? demanda Ema.

— Parce qu'on est les plus belles, railla Ecco en serrant la fillette contre elle.

Le groupe de tenues blanches traversa le hall rapidement, et prit place dans une navette. Quelques minutes plus tard, le véhicule s'élançait dans le ciel vers la station orbitale Corbat.

Sur Corbat, pas le temps de faire du tourisme, ils furent conduits immédiatement au compartiment des caissons anti G du vaisseau de transport.

Ema ne put réprimer un frisson qui n'avait pas échappé à Ecco.

— On va prendre un caisson double, comme ça on restera ensemble, dit la jeune fille.

— Oh oui ! répondit Ema rassurée.

Ecco et Ema s'installèrent dans le caisson en suivant les instructions prodiguées par l'intelligence artificielle du dispositif. La verrière se referma, les sons ambiants devinrent sourds renforçant l'impression d'étouffement.

Ema serra la main d'Ecco qui se tourna vers la fillette.

— T'en fais pas, je suis là.

Ema répondit par une moue dubitative.

Petit à petit, Ecco se détendit et son esprit se mit à divaguer. Dans une brume légère, elle vit sortir une femme brune. Elle avait, comme elle, coiffé ses cheveux en une grosse natte qu'elle portait sur son épaule.

— *Je suis désolée, je ne voulais pas ça,* dit la femme avec tristesse.

— Pas quoi ? questionna Ecco dans un demi-sommeil.

— … *ma petite fille,* souffla-t-elle avant de s'évaporer.

— Maman ! cria Ecco sous le regard médusé d'Ema.

La verrière du caisson était levée, Ema observait la jeune fille avec interrogation.

— T'as rêvé de ta mère ? demanda-t-elle.

Ecco reprit ses esprits, était-ce le sédatif qu'on mélangeait à l'air des caissons qui lui avait donné cette hallucination ? Elle n'en était pas convaincue, elle avait déjà rêvé de cette femme à plusieurs reprises.

À la ferme elle était tombée sur un article de mécanique quantique qui expliquait le principe d'intrication. Deux particules issues du même quantum de matière étaient liées entre elles, quelle que soit la distance qui les séparait. Était-ce possible que ce principe s'applique aussi aux êtres humains ? Serait-ce possible qu'elle soit liée ainsi à sa mère ? Après tout, elle était issue d'elle.

— On est arrivées ? demanda Ecco éludant la question de Ema.

— Oui, on est à l'astroport de Gamo sur Antharès. Il faut attendre qu'on nous autorise à débarquer.

Soudain, une voix métallique retentit dans le compartiment.

— Si vos noms commencent par A, B ou C dirigez-vous vers la sortie 1. Les noms commençant par D,E ou F, dirigez-vous vers la sortie 2. Les autres, attendez votre tour.

— Chouette en reste ensemble ! s'exclama Ema.

Les deux jeunes filles embarquèrent dans un gravicar qui sortit de l'astroport en glissant dans l'air. Mais au lieu de se diriger vers les zones agricoles de la planète, le véhicule prit la direction de la ville. Quelques minutes plus tard il se posait sur le toit d'un bâtiment où deux hommes munis d'un terminal d'identification les attendaient.

— On ne va pas voir nos parents tout de suite ? balbutia Ema.

— J'en sais rien, répondit Ecco inquiète, car elle savait où elles étaient.

L'endroit n'était rien d'autre qu'un hôpital, pourquoi les avait-on amenées ici ? Personne n'était malade et la quarantaine entre planètes n'avait plus cours depuis des centaines d'années.

Un des hommes scannait les bracelets rouges et à la lecture des informations, il dirigeait les tenues blanches vers différents couloirs au-dessus desquels étaient écrits BO et un numéro.

Quand ce fut le tour d'Ecco, la jeune fille ne tendit pas son poignet et osa une question.

— Pourquoi on nous amène à l'hôpital ?

L'homme la dévisagea, surpris par un tel aplomb.

— Tu verras bien, répondit-il en attrapant sans ménagement le poignet de la jeune fille.

Après le bip indiquant la fin du scan, Ecco jeta un regard furtif sur l'écran. Elle vit clairement son nom et en dessous une liste d'organes : reins- poumons- cœur- foie. Ecco sut de suite de quoi il s'agissait. Les tenues blanches n'étaient que des réserves d'organes.

Les rumeurs qui circulaient sur terre étaient fondées, les organes des colons vieillissaient plus vite sur les planètes éloignées, alors les enfants incubateurs allaient leur procurer des « pièces de rechange ».

Le monde s'écroula autour d'Ecco, elle avait tellement cru au bonheur de retrouver ses parents. Elle se faisait une telle joie de connaître enfin sa famille et surtout de quitter la ferme peuplée de robots sans âme.

Elle allait défaillir lorsqu'une petite main serra la sienne.

— BO13 ! on est encore ensemble, dit la petite fille d'un air enjoué.

BO voulait sûrement dire Bloc Opératoire, Ecco ne savait pas quoi faire, elles ne pouvaient pas s'enfuir, il y avait un garde à chaque passage. Déjà deux droïdes chirurgiens s'avançaient vers elles. Les pistolets hypodermiques qu'ils avaient en main, allaient leur injecter une dose d'anesthésiant si elles se débattaient.

Les droïdes chirurgiens les allongèrent sur des tables froides surmontées d'un éclairage blanc et violent. Ecco regarda Ema, elle lut dans les yeux de la fillette qu'elle venait de comprendre ce qui se passait et son petit visage d'enfant se remplit de terreur, ses yeux la suppliaient.

Ecco tenta alors la seule idée qui lui vint à l'esprit. Elle pensa à la femme brune et lui envoya un appel à l'aide ; le principe d'intrication, son dernier recours avant la fin de sa courte vie ; elle devait y croire.

Les droïdes poursuivirent leurs gestes méthodiques. Elles furent déshabillées et couvertes d'un champ opératoire vert. Ecco tremblait de froid et de peur, mais elle continuait à envoyer son message de détresse mental.

Le droïde toujours souriant approcha le pistolet hypodermique du cou de la jeune fille, c'était la phase ultime, elle allait s'endormir pour toujours.

Soudain, une alarme tonitruante résonna dans le bloc opératoire, des gyrophares se mirent à projeter des faisceaux lumineux dans toute la pièce.

— Mise en veille immédiate ! ordonna une femme qui venait de faire irruption à la tête d'un groupe d'hommes et de femmes armés.

Les droïdes cessèrent toute activité et se figèrent. Une femme blonde se précipita vers la table où était allongée Ema.

— Je suis là maintenant mon bébé, dit-elle en prenant la fillette dans ses bras.

Puis, une femme brune entra, elle avait une grosse natte qu'elle portait sur l'épaule, elle se précipita vers Ecco.

— Ma petite fille !

— Maman ?

— Oui je suis là Ecco. J'étais loin de tes yeux, mais jamais loin de ton cœur.

Town war 2.0

Matt pressait le pas dans les ruelles sombres de Montmartre, il s'était laissé prendre par la nuit, mais cela avait valu le coup. Sa besace était gonflée de victuailles, il avait même déniché cinq cents grammes du précieux sucre, Enola allait se régaler.

Il était parti tôt du nord de Paris pour gagner le quartier du Marais, véritable paradis du marché noir. Lorsqu'il y avait un arrivage de marchandises, il ne fallait pas traîner, les premiers arrivés étaient les mieux servis.

— *Voilà la place du maréchal Roche, je vais pouvoir souffler un peu, le quartier est animé, ils ne viendront pas ici,* se dit-il en s'essuyant le front du revers de sa manche.

Des habitations et des cafés faiblement éclairés se serraient les uns contre les autres autour d'une petite place au centre de laquelle trônaient les vestiges d'une statue couverte de mousse. Ces lieux fréquentés constituaient des refuges, les tueurs urbains n'y venaient pas ; allez savoir pourquoi…

C'était aussi là que s'organisaient les activités clandestines et où circulaient les informations de toutes sortes. Matt ne s'y arrêta pas. Pas le temps de bavarder, le chemin était encore long avant de retrouver sa femme Mathilde et sa petite fille Enola. C'était pour elles qu'il prenait tous ces risques, pour améliorer leur ordinaire dans ce monde dévasté, c'était son devoir.

— *Bon maintenant il me reste le plus difficile à passer, le quartier Bouloche, trop sombre, trop désert. Il faut que je me fasse fantôme.*

Matt quitta avec angoisse la place éclairée pour se faufiler dans la rue du Bosse. Cette longue route cabossée était autrefois un quartier riche bordé de belles maisons bourgeoises. Mais, il fut la première cible de la guérilla urbaine que la crise mondiale avait engendrée. Aujourd'hui, ces maisons étaient en ruines et elles offraient des cachettes sombres desquelles pouvaient surgir les soldats de la mort.

La nuit d'encre rendait la progression difficile, mais il savait se rendre invisible. Il portait des vêtements sombres et marchait en silence. Son père appelait ça « passer en mode fantôme » comme dans un jeu vidéo.

Tout à coup, des bruits de pas métalliques résonnèrent dans la rue. Matt savait ce que cela signifiait et un terrible frisson d'angoisse lui parcourut l'échine. Dans un réflexe conditionné, il se jeta derrière un mur en ruine.

Merde ! les tueurs urbains ! pensa-t-il.

Ces pas annonçaient la mort, il les avait tellement entendus dans sa jeunesse.

Deux hommes, dont la taille dépassait aisément de deux têtes celle d'un homme normal, avançaient côte à côte. Les deux tueurs étaient pourvus d'un équipement de dernière génération en matière d'armement : combinaison pare-balle, casque panoramique bourré de technologie. Ils portaient en bandoulière un fusil d'assaut dont le pointeur laser balayait l'espace. Effrayant !

Ces tueurs étaient indestructibles, rien n'entamait leur armure et lorsque le faisceau laser se posait sur un pauvre bougre son espérance de vie se réduisait à quelques secondes. Se cacher et fuir étaient les seules parades que les hommes avaient trouvées face à ce fléau qui ravageait le monde.

Soudain, un des deux tueurs porta un doigt sur son casque, comme s'il activait une fonction. Aussitôt, les deux soldats épaulèrent leurs armes et se mirent en chasse. Leur technologie embarquée avait détecté quelque chose.

Matt se tapit contre le mur et ferma les yeux

— *Mode fantôme,* se répéta-t-il fébrilement.

Les deux soldats passèrent devant le maigre refuge et s'éloignèrent. Bientôt, Matt n'entendit presque plus les bruits des pas. Il ouvrit les yeux et souffla.

— Ils sont passés, j'attends encore un peu et je me casse vite fait de ce putain d'endroit.

Au bout de quelques minutes, la rue retrouva son silence, Matt se mit accroupi pour jeter un dernier coup d'œil par-dessus le mur. Rien à l'horizon, la ruelle était déserte, il s'empressa alors de reprendre sa route.

Après quelques pas, il se trouva nez à nez avec l'armoire à glace qui avait surgi des ruines d'une demeure. Il épaula son fusil d'assaut, Matt sentit le point rouge du laser sur son front et la dernière chose qu'il entendit fut le déclic du percuteur de l'arme d'assaut.

*

Un éclair blanc jaillit d'une des ruelles du quartier Bouloche. Du haut du septième étage de la tour Riser, Jem avait une vue panoramique sur l'Est parisien. C'est de là qu'il assistait à l'extermination lente et régulière de l'humanité.

— Encore les brigades de la mort, quand vont-ils arrêter de nous exterminer ! dit-il avec rage.

Jem n'avait rien d'un guérillero urbain, il ne faisait partie d'aucune faction de résistance contre les exterminateurs. Sa spécialité était les réseaux informatiques et les ordinateurs quantiques qui avaient miraculeusement survécu aux affrontements des premiers jours de la crise.

Comme toujours, des groupuscules de nantis très riches mirent en œuvre une économie parallèle destinée uniquement à leur vie cossue. Cependant, planqués dans leurs villas et hôtels particuliers hyper sécurisés, ils s'ennuyaient.

C'est là qu'intervenait Jem. Il leur fournissait un accès haute vitesse au réseau mondial, des interfaces sociales de discussion et surtout des jeux vidéo multi-joueurs interconnectés qui permettaient aux enfants de ses patrons de se défouler sur des avatars virtuels pilotés par d'autres gosses de riches.

Ce travail lui procurait une vie confortable dans une des tours sécurisées. Pourtant, Jem se sentait abattu chaque fois qu'on annonçait la dernière hécatombe. Il ne pouvait s'empêcher de penser à ses amis d'enfance qui avaient choisi une vie de résistance dans ce Paris dévasté. Eux au moins se battaient.

Il y a une quarantaine d'années, des exterminateurs étaient apparus. Personne ne savait qui les avait engendrés ni d'où ils venaient. Les chrétiens parlaient d'anges de la mort envoyés par Satan, les légendes urbaines prétendaient qu'une nouvelle race apparaissait sur terre pour remplacer les humains obsolètes. En tout cas, ils étaient quasiment indestructibles et leur technologie bien supérieure à celle des hommes.

Un léger bip sortit Jem de ses pensées. Il avait lancé une recherche sur la toile mondiale pour dénicher des jeux vidéo, même d'une ancienne génération qu'il réadapterait aux ordinateurs quantiques.

Il fit défiler la liste et fut attiré par un titre évocateur : Town War 2.0

— Tiens, tiens ! Un jeu à la première personne, ça va intéresser les têtes blondes de mes patrons. En plus il est déjà actif et compte plus de dix mille membres, se dit Jem.

Mais il fallait le tester avant de le revendre. Pour commencer, Jem choisit un avatar disponible dans le panel du jeu, un soldat d'assaut, qu'il affubla d'un pseudo : Jemaique. Puis il sélectionna « Jouer » sur son clavier optique, et enfila son casque de réalité virtuelle.

Immédiatement, il fut projeté dans une rue parisienne dévastée. Les maisons bordant la rue défoncée étaient en ruine, des carcasses de voitures criblées d'impacts de balles étaient mangées par la rouille. Des objets, témoignant d'un passé opulent de la ville, jonchaient le sol : Vaisselle cassée, canapé éventré, vêtements troués. Une plaque encore accrochée à un pan de mur indiquait : « Rue du Bosse ».

— Belle qualité de la trame vidéo, décors très réalistes. En plus, cette rue est en bas de l'immeuble, remarqua Jem.

Le casque VR donnait une vision des lieux comme si le joueur y était. Jem fit avancer son soldat virtuel parmi les ruines des maisons. Sur le côté droit de la rue, une masse sombre attira son attention, il fit approcher son avatar et découvrit un personnage étendu dans une mare de sang, un gros trou au milieu du front. Il portait une besace bien gonflée et n'était pas armé ; bizarre pour un avatar.

Tout à coup, des balles sifflèrent autour de lui. Par réflexe, il propulsa son personnage derrière un abri de fortune dans les ruines. Jem voulait observer avant de jouer. Deux autres avatars lourdement équipés tiraient en direction du bout de la rue. Jem tenta un coup d'œil furtif vers leur cible et vit un homme désarmé bondissant entre les murs éboulés.

— Pas très moral ce jeu, des soldats prennent en chasse des gens désarmés, mais pourquoi pas, ça va changer des jeux bourrins, se dit-il.

C'était en quelque sorte la force brute contre l'agilité et l'intelligence. L'histoire était pleine de récits de ce genre où les plus forts ne sont pas toujours les vainqueurs.

Les graphismes étaient d'un tel réalisme, qu'on aurait dit qu'il avait été programmé récemment, alors que sa date de création remontait au début de la grande crise.

Mais, comment ai-je pu passer à côté d'un tel jeu, ragea-t-il

Jem propulsa ensuite son avatar à Barbès, au nord de Paris. Il voulait explorer plusieurs endroits de l'immense carte, avant de tester les fonctionnalités du jeu. Sur la carte, il remarqua quelques zones hachurées qui semblaient interdites.

Pourquoi ces zones en particulier ? se demanda Jem.

Il fallait aussi qu'il éclaircisse un autre point qui le chagrinait. À aucun moment, il n'avait vu dans le démarrage du jeu la possibilité de choisir l'autre camp. Une chose à la fois, ce jeu était prometteur, les gosses de riches allaient se l'arracher, un paquet de fric était à la clef.

La station de métro Barbès admirablement bien reconstituée était déserte, des prospectus d'un autre âge s'envolaient à chaque souffle de vent. Jemaique, piloté par Jem, montait les escaliers métalliques qui conduisaient aux quais.

Jem activa la fonction « scan », une image thermique remplaça l'image réelle, les parties froides apparaissaient en dégradé de bleu, tandis que les plus chaudes en dégradé de rouge. De petites taches orange se mirent soudain en mouvement rapide et désordonné ; des rats, le programmeur avait été jusqu'à ce niveau de détail.

Jemaique poursuivit son exploration en mode vision thermique. En arrivant sur le quai, Jem perçut une masse orange se déplacer furtivement à droite. Il repassa en mode vision réelle, la masse vivante devait se terrer derrière un gros pylône en béton, peut-être un chien. Jemaique avança prudemment vers l'endroit, en un éclair un homme lui fit face en brandissant un fusil à pompe.

L'instant d'après, une décharge de chevrotine puis une seconde frappèrent Jemaique en pleine poitrine. Le souffle puissant de l'arme fit à peine tressaillir le soldat. Dans un réflexe conditionné de joueur, Jem épaula l'arme d'assaut et fit exécuter à son avatar quelques pas sur le côté pour échapper à une troisième décharge de chevrotine qui... ne vint pas. Manifestement, l'homme ne possédait que deux cartouches, encore ce déséquilibre des forces.

Jemaique tenait l'homme en joue qui reculait lentement. Il portait des vêtements sombres et avait le visage couvert de cirage noir, Jem connaissait bien ce stratagème, les guérilléros urbains appelaient ça le « mode fantôme ».

Mais, malgré son grimage, les traits de l'homme ne lui étaient pas inconnus.

— Charly ! dit Jem en activant le contrôle vocal.

— On vous demande de connaître l'identité des gens que vous assassinez, c'est nouveau !

— Mais qu'est-ce que tu fais dans un jeu vidéo ?

— Vous appelez ça un jeu, exterminer des pauvres gens innocents.

— Mais non Charly, je ne tue personne c'est un jeu. C'est moi, Jem, je pilote ce truc à distance, c'est un jeu, tu connais quand même !

— Et tu crois que je vais gober ça, assassin !

— Charly, je suis ton ami d'enfance, répondit Jem en abaissant son arme.

Le personnage manifesta de la surprise, là aussi Jem fut époustouflé par le réalisme du jeu.

— C'est vraiment toi Jem, j'en reviens pas, qu'est-ce que tu fous dans un accoutrement pareil ?

— Mais Charly c'est un jeu ! tu es devant ton ordinateur... tu débloques ou quoi ?

— Mais c'est toi qui débloques, je suis ici, à Barbès devant un tueur urbain qui dit qu'il est mon ami d'enfance.

Soudain, tout s'éclaircit dans l'esprit de Jem. Les tueurs urbains n'étaient rien d'autre que les avatars d'un jeu vidéo.

La question maintenant était : Qui était derrière tout cela ?

— Charly, je crois que je viens de découvrir qui sont les tueurs urbains.

— C'est vraiment toi Jem ? demanda Charly.

— Tu sais toujours où j'habite ?

— Oui, dans ta tour d'ivoire…

— Alors, viens me rejoindre, moi j'y suis déjà…

*

Jem n'en revenait pas, il venait de découvrir comment apparaissaient les tueurs urbains, cette question que le monde entier se posait depuis le début de la grande crise. Ces exterminateurs n'étaient que de la matière projetée dans un espace donné. En théorie, la matière et l'énergie sont liées, les scientifiques d'avant la crise n'avaient pas abouti à une application concrète, pourtant il avait la preuve que les recherches dans ce domaine se s'étaient poursuivies.

Le pire restait à découvrir, qui était derrière tout cela ? Pourquoi organisaient-ils l'extermination de la race humaine ? Jem se culpabilisait souvent de ne pas prendre part au combat qui opposait les hommes à ces tueurs sans pitié. Il n'était pas fait pour les combats de rue. Cependant, ce qu'il venait de découvrir allait lui donner l'opportunité de se rattraper et peut être de mettre un terme à ces meurtres de masse.

L'intercom de l'immeuble vibra, le tirant de ses pensées, c'était Charly il avait tenu sa promesse.

— Eh salut vieux frère, y faut qu'on parle hein ? dit-il avec son air goguenard.

— Ok Charly je t'ouvre, 5ᵉ étage, appartement 506.

Quelques minutes plus tard, Charly entra dans l'appartement de Jem. Tous les deux étaient contents de se retrouver, même dans ces sinistres circonstances. Jem lui montra le jeu vidéo qui avait permis leurs retrouvailles à Barbès.

— Je n'arrive pas à pirater leurs servers, ils sont protégés par un pare-feu quantique, donc inviolable, lâcha Jem.

— Si j'ai bien compris, on ne peut rien faire d'une console ?

— T'as de bon reste mon ami, je sais seulement que les servers se trouvent à Vilnius en Lituanie, cachés derrière une firme du nom de Sylvartech.

— On va faire quoi ? T'as une idée ? questionna Charly inquiet.

— Un cheval de Troie.

Charly ne comprenait plus rien, un cheval de Troie était une espèce de programme qui contenait un logiciel parasite qu'on introduisait directement sur l'ordinateur de la victime.

— Mais, tu me dis qu'on ne peut rien faire d'une console ?

— Charly, le cheval de Troie ce sera nous…

— Quoi, tu veux qu'on aille en Lituanie, déguisés en soldats tueurs ?

— Ben… oui. T'as une meilleure idée ?

Charly réfléchit, puis il lâcha

— Ça me va !

L'instant d'après, Charly prenait en main le jeu depuis une autre console informatique. Casque VR sur la tête il constituait son avatar ; un soldat d'assaut qu'il affubla du pseudo : Charko.

— Suis OK Jem, dit-il au bout de cinq minutes.

— C'est quoi ton pseudo ?

— Charko, tu te souviens ? C'était mon pseudo quand on était gamin.

— Carrément que j'm'en souviens ! On était les plus forts…

— … C'est parti pour une projection en Lituanie.

Une fraction de seconde plus tard, Jem et Charly arrivèrent dans une maison en ruine, non loin d'un building de six étages. L'architecture rappelait la grandeur de l'Union soviétique ; barre de béton sans style, série de fenêtres décrépies, murs délavés par les intempéries.

Le bâtiment était ceinturé d'une haute clôture de barbelés, un mirador implanté tous les cent mètres, ne laissait aucune chance à une intrusion en force. L'entrée principale, lourdement gardée, portait l'inscription « SYLVARTECH » en alphabet cyrillique. Des avatars de toutes formes entraient et sortaient en continu et le contrôle d'accès se faisait en silence.

— Nous y sommes, le contrôle d'entrée doit se faire par une transmission d'un mot de passe codé, dit Jem après une courte observation aux jumelles.

— Tu pourras craquer le mot de passe, demanda Charly.

— Un jeu d'enfant. Allez ! On y va tranquillement.

Tout en faisant avancer son avatar vers l'entrée, Jem lança depuis son ordinateur un programme pour pirater le mot de passe. Son avatar devait être à moins de cent mètres pour se connecter au système.

— Soixante-dix mètres, dit Charly. Dépêche-toi !

— Ça vient, je suis dans le système.

— Cinquante mètres…

— J'y suis presque…

— On n'y arrivera pas, Jem.

— Ça vient…

— Trente mètres ! Jem.

— Passe devant je te le donne dès que je l'ai.

Le programme de Jem tournait plein pot, les fichiers défilaient à toute vitesse sur l'écran. Charko arrivait devant le poste de contrôle.

— Jem, le mot de passe ! dit-il fébrilement.

Un avatar d'au moins deux mètres, regarda Charko qui n'avait toujours pas saisi le code d'accès.

— Jem ! vite, souffla Charly.

Puis soudain, le géant s'approcha de l'avatar de Charly, il tapota le boîtier de transfert avec le canon de son arme pour lui intimer l'ordre de transmettre le mot de passe.

— SK456M, cria Jem.

Charko transmit le sésame puis, suivi de Jemaique, il pénétra dans la première enceinte du bâtiment.

— Un jeu d'enfant hein ? soupira Charly.

— Homme de peu de foi, ricana Jem.

— On fait quoi maintenant ?

— Le cœur du programme Town War doit se trouver dans ces bâtiments. Les servers ont besoin d'être refroidis et il y a une batterie de climatiseurs le long de ce mur, annonça Jem en indiquant un pan de l'immeuble.

— Ça ne va pas être facile, toutes les portes sont gardées par des avatars.

Jemaique et Charko longèrent le bâtiment principal pour trouver une entrée discrète. En contournant l'angle sud de l'immeuble, ils entendirent des rafales d'armes automatiques, des avatars s'entraînaient à tirer sur des cibles pivotantes.

— Tu as vu les cibles, ce sont des images de gens comme toi et moi, enfin dans la vraie vie, dit Charly contenant sa colère.

— C'est pour ça qu'il faut tout détruire. Regarde, la porte au bout du bâtiment, il n'y a qu'un seul garde. Si on organise une diversion, on pourra rentrer.

— T'as une idée ?

— Oui je crois, répondit Jem tout en pianotant sur son clavier optique.

Soudain, une silhouette féminine apparut, un avatar fille, plutôt jolie d'ailleurs. Elle avait manifestement des problèmes avec son arme et demanda de l'aide au garde. Celui-ci hésita un instant, puis séduit par les positions lascives de la fille-avatar, il quitta son poste, laissant le champ libre.

— C'est toi qui as fait ça, Jem ?

— Ouais mon pote… allez on entre.

Les deux compères avatar entrèrent dans le bâtiment et montèrent rapidement l'escalier en suivant des faisceaux de câbles.

— Ce sont les câbles d'alimentation des ordinateurs, ils nous mèneront à la salle de servers, dit Jem.

Leurs pas les conduisirent devant une double porte blindée qui s'ouvrit facilement, trop facilement, se dit Charly. Le centre névralgique ; les servers quantiques dans lesquels tournait Town war.

Jemaique se mit à fureter fébrilement entre les rangées d'armoires, tentant d'ouvrir les portes pour accéder à un terminal. Toutes étaient fermées, et il n'avait pas le temps de les forcer. Jem commençait à être sur des charbons ardents, il fallait absolument qu'il se connecte au système pour infecter le programme, et vite, car dans peu de temps les soldats virtuels allaient sûrement envahir les lieux.

L'avatar de Jem réussit enfin à ouvrir une porte et aussitôt il activa la console holographique, puis il pianota à toute vitesse sur le clavier optique sous le regard médusé de Charly.

— Voilà, je suis dans le système, je vais injecter un petit virus de ma composition, et on entendra plus parler des tueurs urbains.

— Pourquoi un virus Jem ? On fait péter tout ça et on se casse !

— Avec un ver informatique, on est sûr d'infecter l'ensemble du réseau et de détruire toutes les ramifications du programme.

Charly acquiesça, il avait toujours eu confiance dans son ami et il était sûr que Jem faisait ce qu'il fallait. Toutefois, autre chose le tracassait et une vague d'inquiétude l'envahit.

— Y a quand même un truc bizarre. L'entrée du bâtiment était peu gardée, tu trouves miraculeusement une armoire ouverte… je trouve ça trop facile.

Jem ne répondit pas, trop concentré sur la console holographique. Les doigts de Jemaique couraient sur le clavier.

Soudain, les craintes de Charly se concrétisèrent. Une lumière éblouissante perça l'obscurité et une femme apparue. Rien à voir avec les guerrières qu'ils avaient pu croiser, il s'agissait d'un avatar d'un autre genre : grande, élancée, longs cheveux blonds cendrés, des yeux gris et surtout, elle arborait un air supérieur.

Charko pointa aussitôt son arme sur elle et immédiatement une dizaine de spots laser se posèrent sur eux, la femme-avatar n'était pas venue seule.

— Ne fais rien, Charly, mon virus a juste besoin d'un peu de temps, murmura Jem.

Jemaique et Charko jetèrent leurs armes et levèrent leurs mains en signe de reddition.

— Je vous attendais.

— Qui êtes-vous ? questionna Jem.

— Je suis Iara, le programme superviseur de Sylvartech. J'ai détecté votre intrusion depuis l'entrée de mes bâtiments. Bien joué pour le mot de passe et la « petite » diversion de mon garde.

Le voile commençait à se lever sur le mystère des tueurs urbains. Mais, des questions demeuraient sans réponses, en particulier une seule. Pourquoi un tel génocide ?

— Qui est votre concepteur ? demanda Jem.

— Je vous dois bien une explication. Lorsque la population mondiale a atteint onze milliards d'individus, les ressources de la terre devinrent insuffisantes. L'Organisation Mondiale de la Santé fut chargée par les gouvernements de trouver des solutions. Je fus alors créée ; Intelligence Artificielle de Restauration Agroalimentaire, IARA…

Jem se souvenait de cette famine qui avait décimé une partie de la population, comme celle du quatorzième siècle. Ce fut d'ailleurs ce qui mit le feu aux poudres et engendra les émeutes. Quel était le rapport avec les tueurs urbains ? Iara poursuivit.

— … les ingénieurs de l'OMS s'attendaient à ce que je développe des solutions innovantes : nouvelle méthode de culture, procédé d'élevage plus efficace, même s'il fallait passer par les OGM. Mais mes algorithmes démontrèrent que ce n'était pas la solution la plus efficace, la méthode était inflationniste, plus j'allais produire de la nourriture et plus il y aurait d'humains. Alors je décidai d'éliminer un membre de l'équation : l'humanité.

Jem et Charly, trop absorbés par le discours stupéfiant de Iara, n'avaient pas remarqué l'agitation qui se déroulait dans les couloirs de la tour Riser. C'est seulement lorsque s'activa l'alarme installée sur le palier qu'ils réalisèrent que le vrai danger était à la porte. Des dizaines de tueurs urbains envahissaient la tour Riser.

— Ils sont à la porte, cria Charly.

— La porte tiendra, dit Jem. Il faut laisser mon virus agir…

Iara poursuivit son explication.

— Grâce à la technologie quantique dont j'ai poursuivi les recherches, j'ai créé des soldats qui empêchèrent l'accès aux réserves alimentaires. Les émeutes et la famine réduisirent naturellement la population, mais pas assez. Les hommes cessèrent leurs combats fratricides pour organiser une résistance, alors, j'ai créé le jeu Town War.

Iara activa les écrans holographiques qui affichèrent une multitude de fenêtres montrant des scènes de combats urbains.

— C'est un jeu massivement multi joueurs, reprit-elle. Je l'ai diffusé à grande échelle aux enfants des rescapés. Les chérubins pensaient jouer dans un monde virtuel alors qu'ils exterminaient les leurs ; de la main-d'œuvre gratuite à profusion.

— Un cheval de Troie, dit Charly.

— Moins d'humains donc plus de nourriture pour chacun ; mathématique, efficace. Ma solution fonctionne à merveille, mais elle n'est pas arrivée à son terme. Il faut encore réduire la population de trois milliards d'individus et la terre redeviendra un paradis.

— Mais à quel prix ! la vie de milliers de pauvres gens. C'est terminé maintenant, dit Jem.

Les écrans holographiques furent soudain constellés de signaux parasites, les images commençaient à disparaître et les gardes de Iara se mirent à scintiller. Le virus de Jem commençait son infection dans les méandres des systèmes quantiques. Tout allait bientôt s'effacer, y compris les avatars de Jem et Charly.

Iara était restée de marbre, l'action du virus de Jem ne semblait pas l'affecter et pour cause. Au bout de quelques secondes, les perturbations cessèrent, tous les systèmes retrouvèrent leur stabilité.

Iara, affichant un sourire presque démoniaque, s'approcha d'un des écrans holographiques sur lequel scintillait le nom du virus de Jem, suivi d'une barre qui indiquait la progression de la suppression des fichiers viraux.

— Vous pensiez infecter mes servers avec votre petit virus, dit-elle.

— Ils ont trouvé ton virus, dit Charly avec anxiété.

Les tueurs urbains étaient maintenant derrière la porte de l'appartement de Jem, des coups sourds et puissants la faisaient trembler, mais elle résistait.

— J'ai besoin de temps Charly. Fais quelque chose, occupe-les.

Jem avait retiré son casque de réalité virtuelle. Son visage couvert de sueur, ses yeux exorbités traduisaient l'intensité de sa concentration, il faisait corps avec son clavier.

Sur l'écran holographique, des commandes défilaient à toute vitesse. Charly était hermétique à tout cela, mais il pouvait au moins faire une chose : lui donner du temps.

Ses réflexes de joueurs revinrent et il reprit les commandes de Charko. Il ouvrit le feu sur les deux gardes les plus proches qui sous l'impact furent projetés dans un coin de la pièce. Les autres gardes ripostèrent, les balles fusaient de toute part dans la salle devenue exiguë.

— Vous ne pouvez rien contre moi, dit Iara d'une voix mécanique. Je suis à votre porte et dans quelques minutes je vais entrer dans votre appartement et je vais vous éliminer comme je l'ai fait avec mes concepteurs de l'OMS.

Jem pianotait sur son clavier à toute vitesse sans se préoccuper des coups de bélier qui devenaient de plus en plus forts. Les gonds de la porte commençaient à bouger, ce n'était plus qu'une question de minutes avant que les tueurs entrent dans l'appartement.

— Ils sont trop nombreux Jem, je ne vais pas tenir encore longtemps, lâcha Charly.

— J'y suis presque, c'est mon plan B... encore quelques secondes...

Dans la salle des servers à Vilnius, Charly faisait son possible pour rester en vie... virtuel. Il avait quand même mis hors d'état trois autres gardes, mais d'autres arrivaient en force, commandés par Iara.

Tout à coup, le temps ralentit, les mouvements des avatars devinrent plus lents, comme englués dans une mélasse immatérielle. Iara aussi était prise dans cette soupe épaisse.

— Non ! c'est impossible, vous n'avez pas pu..., souffla-t-elle.

Dans l'appartement de Jem, un dernier coup de bélier eut raison de la porte qui s'aplatit au milieu de l'appartement. Des tueurs armés entrèrent avec fracas et mirent en joue Jem et Charly.

Ils se figèrent sur place, leurs corps devinrent lumineux puis translucides et s'évaporèrent, ne laissant qu'un léger brouillard dans l'appartement dévasté.

— Que se passe-t-il ? lâcha Charly médusé.

— Mon plan B, répliqua Jem dans un soupir de soulagement.

À Sylvartech, Charko et Jemaique se désagrégèrent aussi, et la dernière image qu'ils virent fut la lente agonie de Iara. Elle aussi se désagrégeait, le visage marqué par la stupeur et l'incompréhension.

— Ton plan B ?

— J'ai ouvert une faille dans le système quand nos avatars étaient dans la salle des servers, une petite faille de rien du tout et je m'y suis engouffré. J'ai transmis un autre virus depuis ma console et il a bousillé les ordinateurs de Sylvatech.

— Ben oui ! un jeu d'enfant hein ?

— Pas si facile, la faille était mince, j'ai dû remonter pas moins d'une centaine de connexions et passer sept pare-feux. J'aurais préféré transmettre mon virus de là-bas.

Hébétés, Jem et Charly sortirent de l'appartement. Dans les couloirs, des jeunes garçons et filles discutaient à grand renfort de gestes. Leur jeu Town War 2.0 ne marchait plus, la connexion s'était brutalement arrêtée. Une tête blonde reconnut Jem et l'aborda.

— Jem, il y a un problème avec les servers, ça marche plus.

— La tuerie est term…, Charly n'eut pas le temps de finir sa phrase.

— La connexion sera rétablie dans quelques jours, coupa Jem.

Puis il chuchota à l'oreille de Charly.

— Inutile de leur dire qu'ils ont assassiné des milliers de gens, ils l'apprendront bien assez tôt.

Rémanence

J'ai toujours pensé que les lieux et les objets possédaient une mémoire. Ils s'imprègnent de nos vies et gardent en eux une rémanence des évènements et des émotions.

J'en parle avec aisance, car il m'est arrivé une bien étrange histoire qui en quelque sorte, confirma cette théorie. À l'époque, j'étais photographe freelance et pour arrondir mes fins de mois je couvrais, disons… des évènements plus légers.

C'est ainsi que la richissime famille Klein m'avait appelé pour réaliser le reportage photo de l'anniversaire du patriarche, René Klein fondateur de l'empire industriel Klein.

La fête devait durer tout le week-end. J'arrivais donc le vendredi à la résidence et je fus accueilli par la fille du patriarche.

— Ah ! Vous voilà, vous êtes le photographe… monsieur euh…, me lâcha-t-elle alors que je sortais de ma 208 qui réclamait une retraite anticipée.

— Paul Sados, lui répondis-je en lui tendant la main.

Ignorant totalement mon salut, elle s'adressa à un de ses valets.

— Gustave, conduisez monsieur Sados à sa chambre, ordonna-t-elle.

Elle tourna les talons aiguilles vers d'autres convives, sûrement plus prestigieux que moi.

Gustave, un homme soigné, cheveux gris, teint de la même couleur paraissait aussi fatigué que ma 208. Il me conduisit à ma chambre située au troisième étage, niveau du personnel.

— Voici votre chambre monsieur, vous dînerez à 19 heures à l'office avec le personnel.

Il repartit avec la raideur des gens de maison. La chambre était petite, mais confortable. Je pris donc mes quartiers et descendis prendre quelques photos de la demeure avant de rejoindre l'office pour le repas.

L'ambiance était gaie et le personnel m'accueillit avec chaleur. Après le repas, je m'éclipsai dans ma chambre, la journée du lendemain allait être intense.

Je trouvai le sommeil rapidement, heureux d'avoir décroché ce contrat qui allait payer quelques factures. Au milieu de la nuit, je fus réveillé par des murmures bizarres. J'allumai la lampe de chevet et tendis l'oreille.

Tout était calme, pas un bruit n'émanait de la maison endormie. Je mis cela sur le compte de mon imagination. Cependant, au moment de reprendre ma nuit, j'entendis de nouveau des chuchotements.

Cette fois, je me levai et me dirigeai vers la porte contre laquelle je collai mon oreille. C'est à ce moment que les murmures devinrent sanglots, comme si, juste derrière ma porte, quelqu'un pleurait.

Je l'ouvris et lorsque la lumière de ma lampe de chevet inonda le couloir, je constatai avec stupeur qu'il était désert. Un silence angoissant avait remplacé les chuchotements.

Avais-je des hallucinations auditives ou étais-je dans un rêve ?

Je m'apprêtais à retourner me coucher, un peu perplexe, lorsque les sanglots reprirent. Ma curiosité l'emporta, j'allumai la torche de mon smartphone et commençai l'inspection du couloir en suivant les plaintes à peine audibles.

Je passai devant une galerie de portraits qui semblaient me regarder. Leurs regards étaient effrayants, comme s'ils étaient mécontents. Pourtant, je ressentais comme un encouragement à poursuivre mon investigation.

Les murmures sanglotants me conduisirent au pied d'un petit escalier assez raide. J'allais l'emprunter lorsqu'une voix grave m'arrêta.

— Que faites-vous là ? Vous avez un problème ?

Gustave, en robe de chambre, était apparu dans l'encadrement de la porte de sa chambre. Les cheveux en bataille, le visage tombant, il ressemblait à quelqu'un qui faisait un AVC.

— Vous n'entendez rien ? lui demandai-je.

Gustave eut un regard un peu perdu, comme si des souvenirs remontaient à sa mémoire.

— Oh ! Vous savez, c'est une très vieille maison. Le vent s'engouffre parfois dans les toitures…

— Mais ce n'est pas le vent que j'ai entendu. C'est…

Je me ravisai, je ne voulais pas passer pour un fou, il y avait mon contrat et pour le moment c'était le plus important.

— Vous avez sûrement raison, je suis navré de vous avoir réveillé.

Sans rien dire, Gustave entra dans sa chambre et j'en fis de même.

Le lendemain, les invités arrivaient pour une première partie de la fête. Oubliant ma nuit agitée, je fis mon travail de reporter. Mon appareil crépitait de toute part, chaque invité avait droit à sa photo et j'en pris encore des centaines pour immortaliser l'évènement.

Dans la soirée, le patriarche arriva. Une silhouette frêle dans un costume Armani trop grand, sortit d'une limousine, aidé de ses secrétaires particuliers. Pour quatre-vingt-dix ans, je le trouvai plutôt alerte, à croire que l'argent faisait reculer les affres de la vieillesse. En revanche, son regard noir et aiguisé me fit froid dans le dos.

Jusque tard dans la nuit, mon appareil mitrailla chaque instant, chaque arrivée d'invités. Puis tout se calma et chacun regagna sa chambre ou sa limousine.

Cette journée m'avait épuisé, et à peine allongé je m'endormis. Cependant, quelques heures plus tard, je me réveillai en sursaut, les chuchotements avaient repris. Toujours inintelligibles, mais plus fort que la veille.

Je m'armai de nouveau de la torche de mon smartphone et parcourus rapidement le couloir des portraits. Je m'engageai ensuite dans le petit escalier qui menait au dernier étage.

Je débouchai dans un autre couloir qui desservait une série de portes, probablement d'autres chambres.

Les murmures devinrent plus forts, ils provenaient d'une des portes. Je collai mon oreille indiscrète et aussitôt j'entendis clairement la discussion.

— Non ! je ne veux pas… J'ai peur…, disait une voix de petite fille.

— Si… si, il le faut. Ce sera notre secret, murmura une autre voix plus grave.

— Je veux voir ma maman et mon papa, répondit l'enfant.

— Fais-moi confiance, laisse-moi faire, susurrait le voix d'adulte.

J'entendis de nouveau des sanglots. Je reconnus tout de suite la peur de la petite fille. Alors la rage monta en moi, je ne pouvais pas tolérer qu'on fasse du mal à un enfant. Durant mes années de reporter aux quatre coins du monde, j'avais trop souvent vu la misère enfantine. Toujours les mêmes innocents brisés, sacrifiés par les hommes et leurs folies, parfois même atrophiés dans leur chair la plus intime.

J'ouvris la porte sans ménagement, prêt à me jeter sur l'agresseur et à lui faire passer ses envies perverses.

Mais, je découvris la petite chambre vide. Elle était aménagée pour une fillette, vue le nombre de poupées qu'il y avait partout. Elles étaient disposées avec soin sur le petit lit, sur les étagères d'une bibliothèque, sur un coffre adossé à un mur.

Un encrier et un porte-plume avaient été laissés sur une petite table en bois disposée près de la fenêtre. Un écolier avait travaillé ici il y avait longtemps.

Les murmures et les sanglots s'étaient évanouis, il ne restait qu'un silence lourd. Je me trouvai un peu bête au milieu de cette chambre d'un autre âge éclairée par mon smartphone. Cependant, j'avais raison sur un point, les chuchotements m'avaient attiré dans une chambre d'enfant.

Que s'était-il passé ici ? La maison voulait-elle m'avertir de l'imminence d'un danger ? Ou me relatait-elle un évènement immonde qui s'était déroulé ici. Rien que d'y penser, j'en avais la nausée, comment pouvait-on faire cela à une petite fille ?

Je tournai dans la pièce comme un lion en cage. Soudain, mon regard fut attiré par un petit cahier sur le bureau. Je l'ouvris à la première page ; un seul mot était écrit à l'encre violette.

« Myriam »

Je n'eus pas le temps de feuilleter les autres pages, une voix résonna dans la pièce.

— Monsieur, vous ne pouvez pas venir ici.

La tête d'AVC me transperça d'un regard désapprobateur comme s'il venait de tirer un carreau d'arbalète.

— Je suis désolé, mais j'ai encore entendu des chuchotements, répondis-je.

— Vous entendez des voix monsieur Sados, rétorqua l'AVC.

— À qui est cette chambre ? osai-je.

— À personne pour le moment.

— Dites-moi ce qui s'est passé ici. Il y avait une petite fille, que lui avez-vous fait ?

— Ce n'est pas à moi de répondre à cette question.

Ma colère remonta comme la lave d'un volcan et j'éructai :

— Les gros bourges peuvent tout se permettre sans être inquiétés. Je suis sûr que ce René Klein n'est qu'un pédophile qui a abusé d'enfants dans cette chambre.

Je venais de balancer à la tête d'AVC mon contrat salutaire pour mes finances. Tant pis, ce que des hommes pouvaient faire à des innocents m'était insupportable.

— Vous vous méprenez, monsieur…

Je ne le laissai pas terminer sa phrase.

— Et toi tu es le larbin de ce pervers, vous me dégoutez tous.

Sur ces mots acides, je regagnai ma chambre et fis mes bagages.

Le lendemain matin je descendis avec mon barda. Sans s'en étonner, la patronne de l'évènement s'approcha.

— Monsieur Sados, dépêchez-vous. C'est aujourd'hui le moment le plus important de cette fête. C'est la surprise pour René. Allez… allez faites jouer votre appareil, je ne veux pas que vous loupiez ce moment.

La curiosité me poussa à abandonner mes bagages dans le couloir et à sortir dans la cour de la demeure. René Klein attendait sur le perron, l'air un peu ahuri.

Soudain, une voiture entra dans la cour. Une vieille dame brune sortit par la porte arrière. René Klein s'avança vers elle, ils se regardèrent un long moment.

— Myriam ! murmura le patriarche les yeux pleins de larmes.

— Oui, c'est moi, dit la vieille femme en prenant René Klein dans ses bras. Merci… lui susurra-t-elle.

J'oubliai de prendre des photos, car je compris immédiatement ce que la demeure avait voulu me dire. René Klein était un Juste de France, il avait sauvé des enfants juifs de l'holocauste. C'était ces instants d'un extraordinaire courage que la maison avait mémorisés.

Je me sentais confus, ma méprise et mon emportement avaient été trop loin, je devais m'excuser auprès de Gustave.

Contre toute attente, c'est lui qui vint vers moi.

— Vous voyez, monsieur Sados, je suis fier d'avoir été le « larbin » d'un homme comme monsieur Klein.

Je le regardai honteux, j'ouvris la bouche pour me confondre en excuses, mais il ne me laissa pas parler.

— Les photos, monsieur Sados… les photos, me dit-il en me tapant sur l'épaule.

Contemporain –
Romance

Si j'avais su...

Vingt ans, j'ai pris vingt ans, la décision du juge m'est tombée dessus comme le couperet de la guillotine. Mais, je m'estime heureux, j'ai échappé à « perpète », les circonstances atténuantes défendues par mon avocat commis d'office ont attendri les jurés et ils ont été cléments.

Le fourgon carcéral qui m'emmène vers mon destin sent l'eau de toilette bon marché vendue à bas prix aux prisonniers. Combien de pauvres bougres se sont assis à cette place pour se rendre aux audiences dans l'espoir d'obtenir une remise de peine ou une révision de leur procès. Et combien sont revenus déçus ne pensant qu'à une chose : en finir.

Moi j'ai vingt ans, l'enfer carcéral va me broyer, me malaxer, me vider de toute mon énergie. Les maisons d'arrêt sont de véritables concentrés de haine et de tristesse. La pitié et la compassion n'existent pas en ces lieux, les caïds du dehors sont les caïds du dedans.

Je sortirai au mieux à quarante ans avec une seule ligne sur mon CV : issu du milieu carcéral. Les employeurs vont s'arracher ma candidature...

Mais voilà, j'ai commis des fautes et il faut que je paie ma dette à la société. Je vais passer les meilleures années de ma vie à méditer mes erreurs et imaginer ce qu'aurait pu être ma vie, dans d'autres circonstances, dans un autre milieu, un autre endroit du monde.

Je suis le dernier né d'une famille de quatre enfants ; deux frères et une sœur. J'ai grandi dans une cité d'une banlieue crasseuse du nord de Paris. Du béton à perte de vue, droit, anguleux, mathématique, histoire de mettre un maximum de viande dans un minimum d'espace. Longtemps, j'ai cru que les courbes n'existaient pas, que seuls la ligne et l'angle construisaient notre monde.

Mes parents s'étaient connus jeunes et ma mère était tombée enceinte à dix-sept ans. Alors ils ont fait du mieux qu'ils pouvaient avec le peu qu'ils avaient. Mon père a rapidement trouvé un travail dans le bâtiment, toute sa vie il a charrié du ciment, des briques et des parpaings. Je me souviens de cette odeur chimique et humide qu'il portait en rentrant le soir, harassé.

Puis un jour, des copains de mon père vinrent nous annoncer qu'il avait eu un accident, une mauvaise chute sur un chantier dans le sud de Paris. Il en réchappa, mais plus question pour lui de travailler sur le chantier et comme il ne savait rien faire d'autre, les galères arrivèrent. L'argent manqua terriblement, les factures n'étaient plus payées et les lettres de mise en demeure des huissiers arrivaient chaque jour comme des cartes postales.

L'atmosphère dans le petit appartement de quatre pièces devenait étouffante, mon père se levait de mauvaise humeur et s'en prenait à tout le monde, même à ma pauvre mère qui n'y était pour rien. Au contraire, elle avait ce courage que seules les femmes peuvent avoir ; mille problèmes à régler chaque jour, mais toujours debout. Elle nous habillait dans les friperies des associations caritatives et dans la cour de récréation de mon école, je faisais souvent l'objet des moqueries de mes camarades qui portaient sur eux le montant des aides sociales mensuelles de notre famille.

C'est à ce moment-là que la haine m'a envahi. Elle est venue sans que je l'appelle, remplissant le vide que la misère avait creusé. Je savais que cette hargne allait un jour sortir, comme lorsqu'on ouvre une bouteille de Pepsi.

J'avais douze ans et comme toujours je me mettais à part lors de la récréation. Ce jour-là, le grand Maxime avait décidé que je serais son punching-ball pour la semaine. Il s'approcha de moi avec ce regard de dédain qui m'électrisait à chaque fois.

— Tiens, tiens voilà Kevin. T'as été cherché tes fringues chez les clodos ? dit-il déclenchant l'hilarité de son groupe de suiveurs décérébrés.

— Casse-toi Maxime, j't'ai rien demandé, lui répondis-je tentant de contenir ma colère.

— Et en plus tu pues, y a pas d'eau chez toi, tes parents ont pas payé la facture ?

Hilarité des décérébrés de nouveau, j'entendis pour la première fois cette petite voix qui me murmura :

— *Défonce-lui la tête à ce connard !*

J'avais un avantage, j'étais plus grand que lui d'une tête. Alors, lorsqu'il essaya de me pousser, mon poing devenu dur comme l'acier, partit à la vitesse de l'éclair dans la mâchoire de mon harceleur. Une gerbe de sang éclaboussa les décérébrés, leur ôtant leur sourire niais.

Maxime tenta une réplique, mais mes poings qui n'étaient plus commandés par mon cerveau, mais par ma colère se mirent à le frapper sans relâche : gauche, droite, gauche, droite. Sans que je m'en rende compte, je me retrouvais à califourchon sur lui, le frappant encore et encore avec les camarades en cercle qui me haranguaient.

La bouteille de Pepsi s'était ouverte déversant son flot de rage. Ce jour-là, la puissance remplit mon être, je me sentais invincible, les autres m'admiraient et me craignaient. J'avais trouvé mon arme : la violence.

Sans l'intervention des enseignants, j'aurais peut-être tué Maxime et ils durent s'y prendre à trois pour m'arrêter, j'étais ivre de colère, de puissance et de haine.

Maxime ne revint pas à l'école, ses parents l'avaient changé d'établissement. Quant à moi, je fus qualifié d'enfant perturbé et baladé d'assistantes sociales en psychologues. Tous essayèrent de savoir pourquoi j'avais fait cela, mais personne ne posait la bonne question : qu'est-ce qui avait fait de moi cette bête furieuse ?

Il me plaît aujourd'hui d'imaginer une autre version de mon histoire. D'autres faits qui m'auraient fait basculer du bon côté. Par exemple, un professeur qui aurait pris ma défense, faisant en sorte que ma classe prenne conscience que la misère n'est ni une maladie honteuse ni contagieuse. Que la pauvreté n'est pas un signe de bêtise et que les gens qui portent ce fardeau ne sont pas mauvais. Même moi je l'ai cru, longtemps j'ai pensé que j'étais différent, moins intelligent donc je n'avais qu'une solution : devenir mauvais.

Tenez par exemple au moment du 11 novembre où les mots Liberté, Egalité, Fraternité résonnent dans toutes les bouches. N'y avait-il pas là une occasion de lancer une discussion ? Imaginez...

— Nous sommes à la veille de la commémoration de l'armistice de la Première Guerre mondiale. Et, j'aimerais que nous réfléchissions non pas à la guerre en elle-même, mais sur trois mots pour lesquels des jeunes hommes sont morts : Liberté-Egalité-Fraternité.

La classe, j'en suis sûr, serait restée médusée.

— Que veulent dire les mots égalité et fraternité, pour vous ?

La petite Éloise, qui ne pouvait tenir sa langue, aurait sûrement répondu la première.

— Ben m'sieur l'égalité c'est quand on est tous pareil.

— Intéressant Eloïse, ce que tu veux dire donc c'est que, par exemple dans cette classe, tout le monde est pareil ?

— Oui m'sieur, aurait répondu la classe en chœur.

— Même si l'un d'entre vous ne porte pas des vêtements comme les autres ?

Et là, silence dans la classe. Les têtes blondes ou brunes auraient cogité. Ils n'auraient pas été dupes, ils auraient su immédiatement de quoi voulait parler l'instituteur.

— Et la fraternité, aurait repris le maître, c'est quoi pour vous ?

— On est tous frères, m'sieur ?

— Oui, mais pas au sens biologique, Eloïse, tu n'as aucun lien de parenté avec Karine, même si c'est ta meilleure copine.

Hilarité dans la classe.

— Cela veut simplement dire qu'il faut s'entraider. Par exemple, lorsqu'un de vos camarades se met à l'écart et bien il faut aller vers lui et l'intégrer dans votre groupe.

Je suis persuadé que ces simples mots auraient suffi à remplacer la haine par l'amour.

Mais ce débat n'a pas eu lieu, notre professeur n'avait sans doute pas considéré que ça faisait partie de ses fonctions pédagogiques.

Mes exploits avaient rapidement fait le tour des cités du nord de Paris et je fus bientôt contacté par les grands frères. Un certain Rachid vint me voir un matin sur le chemin de l'école.

— Et petit ! Tu veux taffer pour moi ?

Et voilà, la violence avait fait son chemin et je m'enfonçais petit à petit sur les pentes destructrices de la haine.

Je passais mes années collège à guetter les flics qui rôdaient en civil dans notre cité et je n'avais pas mon pareil pour les flairer. Si bien, que petit à petit je devins un des leurs, un petit caïd pour qui le trafic en tout genre était devenu un métier. L'argent coulait à flots, l'argent sale des pauvres gosses qui commencent par le chite et finissent à l'héroïne passant le plus clair de leurs journées à chercher leur dose quotidienne. Des vies foutues, détruites au profit des gens comme moi.

Je ramenais un peu d'argent à la maison et mes parents, trop contents de faire enfin bouillir la marmite, fermaient les yeux. Pourtant, à ce moment-là, j'aurais aimé que mon père me parle, qu'il joue son rôle et stoppe ma descente aux enfers. Qu'il me dise qu'il y avait une voie, celle de l'honneur et du courage.

Mais il n'en fit rien, trop occupé à s'enivrer toute la journée pour oublier son triste sort. De père courageux, il était passé à père alcoolo ; à lui aussi, personne n'avait dit qu'il s'abîmait dans les limbes alcooliques et qu'il pouvait en sortir. Où était la fraternité ?

Alors, j'ai continué. Ma haine et ma violence grandissaient avec moi. Ayant abandonné l'école, je fréquentais les salles de boxe, si bien que technique et violence avaient fait de moi une arme redoutable au service des truands de mon quartier.

À dix-huit ans à peine, on me surnommait « le pitbull », car lorsque je commençais à cogner je ne m'arrêtais pas, comme avec Maxime dans la cour de récréation. Deux ou trois adversaires ne me faisaient pas peur, ma rage était telle qu'ils abandonnaient très vite le combat.

Cette puissance finit par ne plus me suffire, j'en voulais toujours plus. Je voulais que sur mon passage les gens tremblent, qu'ils aient peur. Alors, on me fit découvrir les effets de la cocaïne, et les dernières inhibitions tombèrent, plus rien ne pouvait m'arrêter, j'étais un dieu.

Jusqu'au jour où on m'envoya « secouer » un consommateur qui n'avait pas payé ses doses. J'avais pris mon rail de coke et ce jour-là j'avais ressenti la fureur qui déferlait en moi comme un tsunami, la pression montait de nouveau dans ma bouteille de Pepsi, j'avais un besoin irrépressible de trouver un adversaire pour déverser toute mon agressivité.

J'avais frappé à la porte de l'appartement minable et c'est un homme d'âge mûr qui m'avait ouvert.

— Qu'est-ce que je peux faire pour vous, me dit-il.

— Je dois parler à Ben, il doit du fric, il faut qu'il paie ! avais-je dit en rentrant dans l'appartement.

— Laissez Ben tranquille, il va tirer un trait sur tout cela je l'emmène avec moi, répondit le père en me barrant le passage.

Je ne vis pas que ce père protégeait son fils, comme j'aurais voulu que le mien le fasse, je ne vis qu'une entrave à ma mission et lorsqu'il tenta de me repousser, ma bouteille de soda s'ouvrit.

Les coups s'étaient enchaînés avec la force décuplée par la cocaïne et la précision d'un boxeur. Ils se portèrent aux points vitaux du corps comme on me l'avait enseigné dans la salle et rapidement l'homme se retrouva au sol sans bouger. Le pitbull lâcha sa proie et partit en chasse d'une autre, Ben.

J'étais devenu un monstre assoiffé de sang, mon corps était lancé dans ce combat alors que mon esprit apathique regardait la scène avec indifférence. Je fis à Ben la même chose qu'à son père et mon dernier coup le projeta violemment au fond de la chambre dans une position improbable. Je venais de tuer à mains nues deux hommes.

La suite je l'ai vécue dans le brouillard ; l'arrestation, la garde à vue, la détention préventive, le procès. La plaidoirie de mon avocat commis d'office avait enfin posé la bonne question : qu'est-ce qui a fait que j'en étais arrivé là ?

J'ai vingt ans et j'ai pris vingt ans. Dans ma cellule de la prison de la Santé, les remords et les regrets remplacent la haine ; c'est le début de ma guérison et je me dis : si j'avais su.

Jeu

*Cette nouvelle a obtenu les félicitations du jury du concours Loir
Littéraire 2020*

J'aime ce moment incertain, juste avant l'aube. Cet instant où tout est possible puisque rien n'a commencé.

Dans le clair-obscur de l'aurore naissante, je la regarde dormir, si belle, si fragile. Je me dis que notre relation est identique à ce moment ; plus qu'amis, mais pas encore amants, entre chien et loup.

Alors, je me mets à espérer… Verra-t-elle un jour en moi autre chose que ce copain avec qui elle a grandi ? À qui elle peut tout dire, même les choses les plus secrètes ?

Je me souviens de ces années d'innocence que nous avons passées ensemble. Nos jeux d'enfants qui devenaient de véritables pièces de théâtre ; j'étais son Roméo, elle était ma Juliette, elle était la jeune Scarlett au pays des sudistes et moi son sauveur. Nos jeux n'en finissaient pas ; nous étions uniques et inséparables.

C'est dans les livres que nous avons cherché l'évasion. Je me rappelle chacun de ces après-midis d'hiver où nous lisions, chacun notre tour, les romans qui nous faisaient rêver. Le Comte de Montecristo, Autant en emporte le vent, L'île mystérieuse, autant de récits dont nous étions les héros.

Puis vint le temps des études. Étape où nous aurions dû nous séparer, prendre chacun sa route. Mais ce ne fut pas le cas, nous avons tous les deux intégré la même université, de lettres, bien sûr, et notre complicité s'est intensifiée. Depuis, on partage tout : nos joies, nos peines. Nous avons ri ensemble, nous avons pleuré dans les bras l'un de l'autre. On se connaît par cœur, chacun de nous sait employer les mots qui réconfortent l'autre.

Moi, je suis fou d'elle, qu'une étrangère prenne sa place m'est impossible à imaginer, je ne vis que pour elle. Et si un jour, son cœur bat pour un autre, alors le mien s'arrêtera.

Hier matin, en sortant d'un cours, elle me dit tout de go :

— C'est la Saint-Valentin aujourd'hui, et si on jouait aux amoureux ?

Je savais que sa proposition était sérieuse, elle avait ce sourire coquin qui lui creusait une adorable petite fossette sur chaque joue.

— OK, lui dis-je. C'est moi qui invite. Vingt heures chez toi ?

— D'accord, je me fais belle.

Elle n'en avait pas besoin…

Avant de rentrer dans le restaurant, elle me prit la main, faisant chavirer mon cœur un court instant.

— Ça fait plus vrai, non ?

— Oui, bien sûr…, lui avais-je répondu, un peu triste, car je savais que, pour elle, ce n'était qu'un jeu.

Le serveur nous plaça à une table dans un coin isolé du restaurant. L'ambiance était intime et feutrée ; autour de nous ; les gens parlaient doucement, comme pour se susurrer des mots tendres.

— À tes amours à venir, me lança-t-elle, une coupe de champagne à la main.

Coup de poignard dans le cœur, moi, je ne voulais qu'elle.

— Oui, à tes amours aussi, lui avais-je répondu en tentant de conjurer le sort.

Comme un véritable acteur, je me suis mis dans la peau du personnage : l'amoureux. Toutefois, moi, je ne jouais pas la comédie, j'y croyais vraiment. Je l'ai regardée parler, je n'avais qu'une seule envie : la serrer dans mes bras. J'ai contemplé ses lèvres qu'elle avait ornées d'un rouge pâle, cette mèche blonde et rebelle qu'elle repoussait avec tant de grâce. Et puis ses yeux, d'un bleu intense qui semblait irradier tout le restaurant.

Mais le charme retomba lorsqu'elle me parla de Rodrigue, ce bel Hispanique récemment arrivé dans notre Fac. Chacune de ses paroles enflammées était comme des morsures de cobra dont le venin allait me faire mourir ; mourir d'amour pour Amandine, finalement, quoi de mieux ?

Un frisson d'angoisse me parcourut l'échine lorsque je l'imaginai dans les bras du fier hidalgo. Je me promis de partir loin si cela arrivait, très loin. On dit : loin des yeux, loin du cœur, peut-être que ça marcherait.

Le froid vif de février nous surprit à la sortie du restaurant, Amandine se blottit contre moi, comme elle le faisait souvent, puis elle me demanda.

— Tu crois qu'on a fait illusion ?

— Bien sûr ! Tu connais nos talents d'acteur, lui répondis-je en riant.

— Tu serais triste si j'avais un mec dans ma vie ?

Le monde s'effondra autour de moi. J'en mourrai, avais-je envie de lui dire, mais je n'en avais pas le droit.

— Non ! Sauf si c'est moi qui le choisis.

Elle pouffa de rire et, de nouveau, ses petites fossettes me firent chavirer.

C'est chez moi que nous avons terminé la soirée. Le champagne, dont elle avait un peu abusé, eut raison d'Amandine, et elle s'endormit sur mon canapé.

Moi, j'ai refusé que le sommeil me prenne. Je voulais profiter de ces moments avec elle, sûrement les derniers. Alors, je l'ai regardée dormir avec l'espoir qui s'enfuit peu à peu, comme cette nuit que je n'oublierai jamais.

L'aube envoya un rayon de lumière sur son visage endormi, comme une caresse sur sa joue pour la réveiller. Elle bougea, s'étira et, enfin, m'aperçut.

— T'es là ? me dit-elle.

— Oui…, soufflai-je, pour ne pas arrêter ce moment.

J'avais tellement envie qu'il se prolonge.

— Alors, c'est pour cela que j'ai si bien dormi.

Mon cœur s'envola, au moins, elle gardera cela de moi.

— Sans doute, lui répondis-je avec cette tristesse que je ne pouvais plus cacher.

Elle s'approcha de moi, passa son bras autour de mon cou et me susurra à l'oreille.

— Et si on arrêtait de jouer…

Mineurs de fond

Je me tenais debout dans la plaine immense, le cœur serré et les larmes au bord des yeux. Au loin, les terrils se découpaient sur l'horizon, unique relief du plat pays des Flandres. La mine d'Oignies allait rendre son dernier soupir, sa grande roue allait s'arrêter, comme un cœur qui cesse de battre. Je lui devais bien un dernier hommage.

Le ciel aussi avait revêtu ses habits de tristesse ; gris et lourd de chagrin, comme pour accompagner ces funérailles inévitables. L'ère du charbon se terminait, et j'assistais impuissant à la lente agonie des « Houillères du Nord-Pas de Calais ». L'humanité poursuit sa route, d'autres aventures l'attendent, d'autres défis à relever.

Pour moi, c'est terminé, j'ai donné ma vie à ce métier et j'en paie le prix fort aujourd'hui. J'ai soixante ans et j'en parais dix de plus. Je ne peux plus faire vingt pas sans reprendre mon souffle et ma bouteille d'oxygène n'est jamais bien loin.

On me demande souvent pourquoi j'ai tant aimé ce métier qui me tue à petit feu. Je ne sais pas comment répondre à cette question, tellement il m'a rendu heureux et malade à la fois. En tout cas à l'époque, mon choix était clair, je ne pensais qu'à une chose : devenir mineur de fond.

Ma vie de mineur commença un soir de novembre. Peu enclin aux études, mon père me donna le choix entre deux options. Soit, je devenais mousse dans la marine marchande ou je descendais à la mine avec lui. Mon choix fut vite fait, je n'avais guère l'esprit aventureux.

Le lendemain, j'entrai… plutôt je descendai, comme galibot à la mine N°9 d'Oignies, affecté à la taille Louise. Louise était la fille de l'ingénieur en chef des mines, les veines portaient des noms, comme des personnes. On était de la taille Louise, Mathilde, Marie, comme on était d'un quartier.

Mon premier jour débuta à cinq heures du matin, mon père vint me réveiller sans faire de bruit, il ne voulait pas déranger ma mère déjà bien fatiguée par la naissance de mon petit frère.

— Jacek ! Ché l'heure, me dit-il avec ce mélange de patois et d'accent polonais

J'avais mal dormi cette nuit-là, trop excité par la perspective de descendre pour la première fois dans la mine. La veille, ma mère nous avait préparé notre casse-croûte et pour l'occasion nos tartines étaient beurrées de saindoux. J'allais enfin découvrir pourquoi les restes du briquet remontés du fond, qu'on appelait « pain d'alouette », avaient ce goût si particulier.

J'eus le droit à un bol de café fort et une tartine, mais à quatorze ans on n'a pas faim à cinq heures du matin.

— Mange Jacek, murmura mon père, tu vas en avoir besoin.

Nous étions début novembre et c'est un froid vif qui m'accueillit lorsque je quittais la maison. Rapidement et presque en même temps, d'autres ombres vinrent nous rejoindre dans l'obscurité du petit matin, si bien qu'au bout de quelques minutes c'est une véritable colonne d'hommes, musette sur le dos qui se dirigeait vers les bâtiments sombres de la mine.

— Premier jour de ton grand, dit Jean notre voisin dans les corons.

— Ouais, répondit mon père.

Je compris plus tard la fierté qu'il avait ressentie à ce moment, lorsque je marchais à ses côtés en homme pour la première fois. J'allais travailler avec lui pendant quelques années, les meilleures de mon existence.

La barrière franchie, je fus pris en charge par Max le porion qui me conduisit à la salle des pendus. Cet endroit portait bien son nom ; il y avait des rangées de bancs en bois, et au-dessus de nos têtes la tenue de travail des mineurs était suspendue comme les suppliciés du même nom.

— Voilà ton emplacement, me dit-il en m'indiquant la place 412.

Il dénoua la corde et dans un grincement de poulie, il fit descendre une tenue toute neuve : Bottes, pantalon, veste et casque.

— Tu passeras me voir en remontant, je te donnerai une tenue de rechange pour…

Sa phrase fut interrompue par une quinte de toux grasse, étouffante. Il sortit son mouchoir et cracha un mélange de sang et de charbon.

Max était un ancien mineur de l'époque des lampes à flamme, il avait passé quarante ans au fond, mais trop essoufflé, la compagnie avait décidé de le nommer porion pour qu'il reste à la surface. Cette décision l'avait rendu malheureux. Il disait à qui voulait bien l'écouter qu'il donnerait n'importe quoi pour redescendre au fond.

— …Il faut changer… toutes les semaines, me dit-il le souffle court. Et il me glissa dans la main un pion.

— Merci, m'sieur, répondis-je impressionné.

Malheureusement, je ne connus pas Max longtemps, la maladie du charbon l'emporta quelques mois plus tard.

En cinq minutes j'enfilais mes « loc d'fond » comme le disent les mineurs et on m'entraînait vers la salle des lampes.

— Mets ton pion dans la boîte de pointage, me dit mon père.

Et le lampiste me remit une lampe électrique et son accu. Mon père avec patience me montra comment fixer la lampe sur le casque, l'accu à la ceinture et le plus important, vérifier son bon fonctionnement.

Quelque chose m'intrigua et j'osai une question. :

— À quoi sert de mettre un pion dans la boîte ?

— C'est pour la paye et en cas de coup de grisou, me répondit-il.

Sur le coup, je ne compris pas le rôle de ce pion en cas de catastrophe, je le sus bien plus tard dans des circonstances tragiques.

Dans un brouhaha de voix qui s'éveillaient, je gravis un escalier qui menait à la cage. Par groupe de seize, on nous entassait dans cet espace fait de grille de métal et de poulies sous le regard bienveillant du surveillant.

Cinq coups de sonnette, c'était le signal de descente, la cage s'ébranla et partit d'un seul coup à une vitesse vertigineuse. Peu habitué, je faillis renvoyer le café et la tartine du matin, mais je tins bon, je n'allais pas vomir le premier jour.

La cage était secouée de soubresauts qui me donnaient l'impression que nous allions nous écraser, j'allumai ma lampe pour regarder les câbles ronds qui se balançaient au-dessus de ma tête.

— T'en fais pas mon gars, me dit un mineur, avec un câble plat c'est pire.

Soudain, un souffle d'air chaud m'éclata les tympans, nous venions de croiser l'autre cage qui remontait l'équipe de nuit. La nôtre ralentit violemment, cette fois j'eus l'impression que mon estomac descendait dans mes bottes. Un coup de sonnette, et la porte se déverrouilla, nous étions à moins huit cent sept mètres.

Le flot d'hommes sortit et se dirigea vers leur lieu d'abattage, chacun savait retrouver son chantier, sa veine. Moi, je suivais mon père dans un dédale de couloirs et de galeries. Je n'étais pas bien tranquillisé par les bruits de craquement provenant des étais qui soutenaient les huit cents mètres de terre au-dessus de nos têtes.

— N'aie pas peur, les étais chantent parfois, me dit mon père. C'est dû au mouvement de terrain, c'est vivant une mine.

Sa réponse ne me rassura pas, j'imaginais les huit cents mètres de roche et de terre s'effondrer sur moi. Je chassais cette vision d'horreur de mon esprit pour me concentrer sur mes premières leçons de mineurs.

Au détour d'un boyau, un souffle d'air glacial s'abattit sur nous, je refermai l'épaisse veste que mon père m'avait obligé à garder. L'air était chargé d'un effluve nauséabond, comme si des centaines d'œufs avaient pourri dans la galerie.

— Ça pue, dis-je en me pinçant le nez.

— C'est le puteux, si tu le sens c'est qu'il n'y en a pas beaucoup, c'est bon signe, me rétorqua mon père.

L'air froid provenait d'un puits d'aération. Il apportait non seulement de l'air frais pour respirer, mais chassait aussi tous les gaz toxiques, le puteux et le grisou.

L'aération était moins violente dans les chantiers, car il ne fallait surtout pas soulever les poussières qui pouvaient s'enflammer et provoquer une catastrophe. Je connaissais le « coup de grisou », dorénavant je connaissais le « coup de poussière » aussi dangereux, peut-être même pire.

Nous avons marché pas loin d'un kilomètre, sur les traverses glissantes. De temps à autre, nous nous collions à la paroi pour laisser passer le train de berlines vides, tractées par des machines diesel ou électriques. Au fur et à mesure que nous nous enfoncions, les bruits des marteaux piqueurs pneumatiques résonnaient ; nous approchions des zones d'abattage.

Arrivé à la taille Louise, mon père m'expliqua en quelques mots mon rôle de galibot. Je devais d'abord passer six mois au triage, histoire de faire connaissance avec le charbon et apprendre à reconnaître le bon anthracite du mauvais. Par chance, la veine Louise procurait un excellent charbon sur une hauteur de deux mètres environ.

Ce n'était pas toujours le cas, parfois la veine n'était pas plus haute que quarante-cinq centimètres, et le mineur devait y travailler allongé durant toute la durée du poste.

Au bout de quelques heures, il y avait tellement de poussière qu'on ne se voyait pas à deux mètres et, lorsque mon père vint me voir, je le reconnus à peine. Son visage était recouvert d'un mélange de sueur et de charbon, seuls ses yeux bleus scintillaient comme deux diamants.

— Ca va t'chio ? me demanda-t-il.

— Ouais ça va, lui répondis-je. À cet instant, je sus pourquoi on appelait les mineurs les « gueules noires ».

Presque simultanément, les marteaux piqueurs cessèrent leur vacarme assourdissant, c'était l'heure du briquet.

— Viens manger, Jacek, m'ordonna Pawel un collègue de mon père et le mien maintenant.

Je bus de longues rasades d'eau. J'avais le gosier sec comme un caillou et j'eus même le droit à une gorgée de vin. J'allais attaquer avec appétit mes tartines de saindoux lorsque mon père m'arrêta.

— Gardes-en un peu pour tes frères et sœurs, Jacek.

Voilà, c'était à mon tour de rapporter ce fameux pain du fond de la mine qui faisait le bonheur des gamins des corons. Quant à moi, ce briquet avait le goût amer de la fin de l'enfance, j'entrais petit à petit dans le monde des hommes.

— Allez, on y retourne ! ordonna mon père.

Il ne fallait surtout pas se reposer trop longtemps, sinon nos muscles allaient se refroidir et c'est là que survenaient les accidents. Je me remis à la tâche, les berlines pleines devenues « balles » remontaient à la surface et revenaient vides. Ce ballet incessant nous indiquait le temps qu'il faisait à la surface, si les wagonnets étaient humides on savait qu'il pleuvait.

Le coup de sifflet signa la fin du poste, presque déçu, je rangeai mes outils dans les râteliers et rejoignis mon père pour remonter à la surface. Le chemin du retour était en pente douce, nous épargnant ainsi un effort à la fin d'une journée harassante.

La cage remonta avec la même vitesse qu'à la descente et avec les mêmes sensations. Dans la salle des pendus je passais devant un miroir. En contemplant mon reflet, j'eus la confirmation que moi aussi j'étais devenu « une gueule noire ».

Enfin, ce fut la douche salvatrice, et c'est là que je fus confronté à une curieuse tradition. Chaque mineur devait laver le dos de celui qui était devant lui et le premier passait ensuite le dernier. Outre, l'aspect hygiénique de cette coutume, elle avait aussi pour vertu de nous unir, car chez les mineurs la solidarité n'est pas qu'un mot.

Arrivé à la maison, je fus assailli de questions par mes frères et sœurs et aussi par ma mère dont la fierté ne faisait aucun doute. Je tentais de répondre tant bien que mal, car la fatigue et l'effet de la douche me poussaient vers le sommeil.

— Tes yeux tombent dans ta bouche, me dit ma mère en patois. Va te reposer.

Les premiers mois furent difficiles, il fallait que j'adopte le rythme des mineurs. L'habitude et la force vint avec le temps.

Nous, les mineurs, sommes de véritables athlètes, nous n'avons pas besoin de dépenser notre temps dans des salles de culture physique hors de prix. La manipulation du marteau piqueur forge nos biceps et nos abdominaux au grand bonheur des jeunes filles qui souvent détournent leur regard, le visage cramoisi.

À dix-sept ans, je suis passé mineur confirmé. Je manipulais le marteau piqueur au côté de mon père. Je travaillais dur et j'étais heureux, je faisais partie d'une caste, d'une confrérie. Tous les mineurs d'Oignies m'avaient intégré et ils reconnaissaient en moi un vrai mineur ; courageux et loyal.

Le dimanche, seul jour de repos, j'allais les rejoindre à l'estaminet du village, et on refaisait le monde autour d'un verre de vin rouge qui brûlait les gorges et les estomacs.

Le 14 juillet allait bientôt arriver et cette année-là, il tombait un lundi, deux jours de repos consécutifs ; un avant-goût des congés. Je m'en réjouissais pour une autre raison, j'avais demandé la permission aux parents de Marie, nos voisins, de l'emmener au bal et ils avaient accepté. Ma mère avait sûrement joué l'entremetteuse.

Je connaissais Marie depuis notre enfance et j'avais toujours eu pour elle une certaine attirance. Nous avions grandi ensemble et je la connaissais par cœur.

Marie était bonne élève, elle avait pu intégrer l'école du centre ménager des houillères pendant deux ans. C'est là qu'elle avait appris tout un tas de choses qui m'échappent encore aujourd'hui. Une femme de mineur doit assumer toutes les tâches de la maison, du ménage jusqu'à la gestion du budget. Les hommes lorsqu'ils reviennent du fond sont trop fatigués.

Nous nous sommes mariés un samedi de septembre. Oh ! Pas en grande pompe, un mariage simple, un mariage de mineur. En plus de notre quote-part de charbon, les houillères nous attribuèrent gratuitement un logement avec un petit bout de terre qui nous permettait de produire quelques légumes.

Je savais que Marie allait être une bonne épouse, elle a fait de notre maison un endroit où il faisait bon vivre, même quand les moyens manquaient. Souvent, je lui ai demandé si elle ne regrettait pas une vie différente, plus « dans le vent », comme le disaient les jeunes de notre époque.

— Être dans le vent c'est se donner un destin de feuille morte, me répondait-elle dans un éclat de rire.

La vie dans les corons s'organisait autour de l'entraide mutuelle, pas un mineur n'était laissé seul en cas de problème et on trouvait toujours des solutions. Cependant, avec l'arrivée de la modernité, des rivalités émergèrent de-ci de-là. Qui avait la plus belle machine à laver, le plus beau poste de télévision. Marie était au-dessus de tout cela, elle n'enviait personne et était toujours disposée à aider les autres, et pour ça aussi elle avait une petite phrase. « À porte-monnaie plein, cœur vide ».

Ce fut de belles années, mon travail au côté de mon père faisait vivre ma famille qui s'était agrandie d'une petite fille qui ressemblait à sa mère comme deux gouttes de pluie. Les houillères fonctionnaient à plein régime, la nation comptait sur nous pour extraire le charbon dont elle avait besoin pour se développer. La mine, les corons fourmillaient de vie, et les jours passaient dans l'exaltation d'un labeur utile.

Mais, tôt ou tard, la vie nous faisait payer tout ce bonheur, et c'est un lundi de décembre qu'elle nous envoya sa facture.

*

C'était un matin comme les autres, le jour n'était pas encore levé, seuls les lampadaires éclairaient notre chemin d'une lumière blafarde. Je n'aimais pas ces jours d'hiver trop courts pour apprécier la lumière du soleil qui nous manque tant au fond.

Comme toujours, j'avais rejoint mon père sur le chemin qui menait à la mine. On s'arrangeait pour être ensemble, et Marc le porion organisait les équipes en fonction des doléances de chacun.

Nous marchions côte à côte, mon père avait ralenti le pas, sur le coup je trouvai cela étrange, mais je compris très vite qu'il voulait parler. D'ordinaire, il n'était pas bavard, mais ce matin-là, il avait envie de parler.

— T'es heureux Jacek ? me demanda-t-il.

— Ben oui, bien sûr, lui répondis-je surpris.

— J't'ai pas forcé à travailler à la mine hein ?

— T'inquiète pas, j'avais pas envie d'être marin, et toi t'es heureux ? questionnai-je à mon tour.

— Moi j'suis l'plus heureux des hommes, et j'suis fier de toi, Jacek.

Sur le coup, je ne sus pas quoi répondre, ce n'était pas le genre de mon père d'avoir des épanchements sentimentaux. Mais dans ce petit matin frileux, ces mots allaient rester gravés à jamais dans mon cœur.

Notre conversation fut coupée par l'arrivée de Marc qui s'approcha de nous, l'air embarrassé.

— J'ai pas pu vous mettre ensemble, déclara-t-il. Il manque des hommes à la taille Eloïse.

— C'est pas grave Marc, je sais que tu fais le maximum pour satisfaire tout le monde. Tu veux que j'aille travailler là ? demanda mon père.

— Ben euh, j'avais pensé à Jacek.

— D'accord, lui répondis-je en cherchant l'approbation de mon père.

La taille Eloïse se situait à moins quatre cents mètres, c'était une vieille taille qui donnait encore.

La sécurité est meilleure dans les tailles moins profondes et cela s'entend, les étais chantent moins. Pourtant, une indicible angoisse m'envahit, lorsque je travaillais avec mon père j'avais l'impression que rien ne pouvait m'arriver. Il avait toujours un œil sur moi et cela me réconfortait. Mais j'étais un homme et un mineur, il fallait que j'apprenne à travailler sans lui. Et puis, si l'on pensait à tout ce qui pouvait nous arriver au fond, on ne serait plus descendu.

Mon père prit la première cage, avec les copains de la taille Louise. Avant d'entrée, il marqua un arrêt et me dit :

— Fais gaffe à toi Jacek !

— T'en fais pas, ça va aller, lui répondis-je en affichant le sourire le plus rassurant possible.

Qu'aurais-je pu lui dire d'autre ? Je n'ai trouvé que ces mots dérisoires, mais sincères. Puis il se tassa dans la cage, le visage serein et il disparut comme avalé par la mine.

Moi, je pris le voyage suivant et arrivai rapidement dans la grande galerie. Après un bon kilomètre, ce fut la taille Eloïse, large et haute. Je n'avais pas l'habitude, la veine Louise ne faisait pas plus de deux mètres de large. Ici, la taille faisait au moins cinq mètres de large, si bien que trois piqueurs pouvaient travailler de front.

Je me mis aussitôt au travail, comme pour faire passer ce poste le plus rapidement possible, l'anxiété ne m'avait pas quitté.

La symphonie des marteaux-piqueurs débuta, la veine était tellement large que les sons se répercutaient sur les parois et nous revenaient encore plus assourdissants.

L'abattage allait bon train, la houille de cette veine était légère et se détachait bien des parois, celle de la taille Louise était plus compacte. Soudain, le sol se mit à trembler et un son sourd se propagea dans la galerie. Aussitôt, les marteaux piqueurs cessèrent leur vacarme, et le temps resta un instant figé, chacun de nous savait ce que cela signifiait. Puis, un deuxième tremblement, plus intense cette fois fit rouler des gros blocs de houille à nos pieds. La vibration dura une bonne quinzaine de secondes, sitôt après les étais se mirent à grincer.

— Tous à la cage ! crièrent des mineurs.

Je compris que quelque chose venait de se produire dans une des galeries de la mine, et une vague de terreur me submergea en pensant à mon père. Avait-il eu ce jour-là une prémonition ?

— Ça doit venir d'une galerie plus profonde, me dit un camarade.

— De quelle galerie ? demandai-je fébrilement.

— Ça, on n'en sait rien.

Marteaux-piqueurs, pelles, pioches furent jetés sans ménagement à l'endroit même du chantier. Une seule chose comptait ; remonter au plus vite à la surface. Cependant, tout se fit dans le calme, nous savions que la panique était notre véritable ennemie.

Après de longues minutes d'attente, je retrouvai enfin l'air libre, et c'est une vision d'apocalypse qui s'offrit à mes yeux. Des alarmes hurlaient dans la cabine de contrôle, des camarades couraient dans tous les sens pour répondre aux ordres secs des ingénieurs rassemblés autour de liasses de plans.

Quelques mètres plus loin, une corde tendue à la hâte entre deux piquets marquait la limite à ne pas franchir par les familles. Recroquevillées sous un épais châle, les bras croisés, les visages creusés par l'incertitude, les femmes des mineurs attendaient, espérant une bonne nouvelle, en se préparant à la mauvaise.

Le ciel non plus n'était pas de notre côté, d'épais nuages noirs déversaient une pluie froide et pénétrante, et un vent glacial faisait blanchir les marches de l'escalier que je descendis à toute vitesse pour questionner le Porion.

— Qu'est-ce qui s'est passé ? demandai-je avec angoisse.

— C'est la taille Louise, il y a eu deux explosions, sûrement un grisou et un coup de poussière.

Mon sang se glaça, je n'osai poser la question.

— J'suis désolé ton père n'est pas encore remonté, me devança le porion.

Mes bras s'affaissèrent, mes jambes devenues coton me soutenaient à peine. Le pire arriva lorsque j'aperçus ma mère, entourée d'autres femmes de mineurs. Elle était là, droite, la tête haute, elle retenait ses larmes de peur que ne ce soit de mauvais augure, me confia-t-elle plus tard.

Curieusement, son attitude me donna du courage, je devais être digne d'elle et prendre ma part dans cette catastrophe. Je la réconfortai du mieux que je pouvais. Marie s'était blottie contre moi, je n'ai jamais eu autant besoin d'elle qu'à ce moment, le contact de son corps me remplissait d'une chaleur qui me redonna la force dont j'avais besoin.

— Je veux faire partie de l'équipe de sauvetage, dis-je au porion.

— D'accord, tu connais bien cette partie de la mine, on attend juste le retour de la première équipe de sauvetage. Ils doivent nous donner des informations sur les dégâts et remonter les blessés.

— Combien sont restés au fond ?

— On ne sait pas, les ingénieurs vont compter la boîte à pion.

Voilà le funeste usage du pion, comme il fallait l'échanger contre une lampe on pouvait savoir qui était au fond, qui n'était pas remonté.

Soudain, une rumeur monta dans la foule, la cage qui ramenait la première équipe de sauvetage arrivait à la surface. Cinq hommes en sortirent, soutenant trois camarades dans un sale état. Leur corps était couvert d'éraflures et de contusions, des taches de sang maculaient leur visage. L'un d'eux ne pouvait plus poser le pied par terre, une fracture sûrement, mais mon père n'était pas parmi eux.

— Viens, Jacek, m'ordonna le porion.

Je regardai ma mère et figeai mon regard dans le sien.

— Je vais le ramener, je te le promets, lui dis-je.

— Je sais… me répondit-elle en essayant d'esquisser un sourire.

Marc m'entraîna dans la salle de réunion du bâtiment administratif. Les plans de la mine avaient été accrochés sur un des murs et monsieur Benard, l'ingénieur en chef observait attentivement les tracés des galeries.

Gaston Benard était un homme grand et sec, il portait toujours des lunettes demi-lune sur le bout de son nez aquilin, ce qui lui donnait un air d'instituteur sévère.

— Messieurs de l'équipe de sauvetage, je vous écoute, dit-il en se retournant.

Silence dans la salle, qui ne comptait pourtant pas moins d'une cinquantaine de personnes. C'est Maurice, un mineur aguerri qui prit la parole.

— La galerie principale est écroulée à cinq cents mètres environ du puits d'évacuation. Il y a encore beaucoup de poussière en suspension, mais on a pu aller jusqu'à l'éboulement.

— Avez-vous pu estimer la longueur de l'éboulement ? Questionna monsieur Roux l'ingénieur adjoint.

— Impossible de savoir, et puis c'est encore irrespirable là-bas, on a juste eu le temps de ramasser les copains blessés.

— Combien de mineurs sont encore coincés en bas ? demanda Gaston Benard.

Un porion apporta la boîte des lampistes et sortit quatre pions, je reconnus celui de mon père.

— Bon, c'est une bonne nouvelle, s'ils ne sont pas nombreux ils peuvent tenir longtemps dans une poche d'air.

Aussitôt, je levai la main et je n'attendis pas qu'on me donne la parole.

— Il faut les sortir de là ! Je suis volontaire, mon père n'est pas remonté.

L'ingénieur en chef se tourna vers moi, je crus qu'il allait me sermonner pour mon impertinence, mais ce fut tout le contraire.

— Il ne faut pas prendre de décision à la hâte, mon garçon. Si j'envoie une équipe vous en ferez partie, me dit-il.

Puis il s'adressa à tous.

— L'opération n'est pas sans danger, ma plus grosse inquiétude est l'état des étais. L'explosion a dû les endommager et je ne sais pas s'ils résisteront à une opération de secours.

— On peut charger une berline avec des étais en fer et on consolide au fur et à mesure qu'on avance, lança Jean Caster le géologue de la mine.

— C'est une idée, mais il faudra pousser la berline à la main, en espérant que les rails soient en bon état, en plus il faudra porter des systèmes de respiration autonome. Ça ne va pas être une partie de plaisir.

Gaston Benard réfléchissait en consultant les plans sur le mur, un silence lourd s'était installé dans la salle de réunion. Tout le monde attendait la décision de l'ingénieur.

— Vous me connaissez, j'ai toujours été clair avec vous, commença l'ingénieur. Mon dilemme est le suivant : dois-je risquer la vie de dix hommes pour en ramener au mieux quatre, au pire quatre corps ?

— Ce sont nos camarades, ils en feraient autant pour nous, lâcha l'un des mineurs.

Une rumeur d'approbation monta dans la salle, puis de nouveau le silence lourd, suspendu à la décision du patron. Gaston Benard portait seul la responsabilité de l'opération et je n'aurais pas aimé être à sa place à ce moment-là. L'ingénieur en chef allait devoir rendre des comptes aux houillères, mais je suis intimement convaincu que c'est la vie des hommes qui lui importait à cet instant.

— On tente l'opération. Il me faut dix volontaires... pas un de plus, annonça-t-il.

Aussitôt, cinquante mains se levèrent et les porions firent leur travail en sélectionnant les camarades les plus expérimentés. Comme convenu, je fis partie de l'équipe, de toute façon il aurait été hors de question que je reste à la surface à attendre.

En moins d'une heure, hommes et matériels étaient entassés dans la cage qui entama sa descente vers notre ultime espoir de retrouver les nôtres vivants.

Huit cents mètres plus bas, la cage se posa délicatement sur ses amortisseurs et sans tarder nous avons débarqué notre matériel. D'ordinaire, on entendait le ronronnement des compresseurs, le grincement des berlines sur les rails, mais lorsque l'ascenseur remonta vers la surface, un silence angoissant et une obscurité étouffante nous entourèrent. C'était terrifiant, seuls les faisceaux de nos lampes fendaient le mur noir des galeries, une épaisse poussière noire nous faisait tousser et nous poussa à enfiler nos masques respiratoires.

Le silence fut rapidement remplacé par le grincement des étais, et rien qu'à l'intensité de leur chant nous savions qu'il fallait les consolider, certains étaient même prêts à céder. On avançait lentement, péniblement, car il fallait pousser la berline et dérouler le tuyau qui alimenterait en air comprimé le marteau piqueur. Le port du masque respiratoire n'arrangeait rien, les bouteilles étaient lourdes et le masque de caoutchouc nous irritait le visage.

Au bout de quatre heures d'un travail éreintant, nous atteignîmes l'éboulement. La galerie était complètement obstruée par des blocs de roche, dont un qui faisait la taille d'un homme, ce qui n'était pas bon signe.

Jean Caster le géologue avait tenu à faire partie de l'équipe, il connaissait mieux que quiconque la nature des roches. Il s'approcha de l'éboulement et porta quelques coups de son marteau pointu dans les blocs de pierre.

— Du granite ! La pire des saloperies géologiques, trop dure pour être attaqué au marteau piqueur, nous dit-il.

— Faudrait d'abord savoir s'il y a des survivants, lâcha Cyril, un vieux mineur qui avait déjà connu des accidents de ce genre.

— On fait comment ? lui demandai-je.

Sans répondre à ma question, il s'agenouilla près d'un rail, puis il donna quatre coups de marteau sur l'acier. Je savais que le métal conduisait bien le son et qu'il pouvait se propager loin, tant que les rails étaient connectés…

Chacun de nous savait qu'un silence absolu devait régner si on voulait entendre une éventuelle réponse, mais les chuintements des détendeurs des masques ne laissaient aucune chance de percevoir une quelconque réplique.

Cyril ôta alors son masque, ferma sa bouteille d'air comprimé et colla son oreille sur le métal. Nous avons fait de même, tant pis pour nos poumons. Du coup le silence s'installa, seulement troublé de temps à autre pas le grincement des étais.

— T'entends quelque chose ? lui demandai-je rompant le silence.

— Chut ! me répondit-il rageusement.

Puis il frappa de nouveau sur l'acier quatre coups lents et réguliers pour bien montrer qu'il s'agissait d'un son provoqué par des hommes et non pas les bruits aléatoires de la mine.

Nous retenions tous notre souffle, espérant entendre d'un moment à l'autre une réponse. J'avais moi aussi collé mon oreille contre le rail, mais rien ne venait. Cyril recommença l'opération une bonne dizaine de fois, sans réponse. Alors le désespoir m'envahit, je m'assis sur le sol humide de la mine, le regard livide et les yeux pleins de larmes.

Cyril vint près de moi et posa une main sur mon épaule.

— Je suis désolé, mon garçon…murmura-t-il.

Je ne pouvais pas le croire, mon père était un mineur d'expérience, j'étais sûr qu'il s'était mis à l'abri quelque part. Je vis l'espoir s'évanouir dans le regard de mes camarades et j'en fus anéanti. Qu'allais-je dire à ma mère ? Je lui avais fait une promesse et elle avait confiance en moi, je ne pouvais pas remonter à la surface, il en était hors de question.

La hargne s'empara de moi, j'arrachai le marteau des mains de Cyril et je me mis à frapper plus fort sur le rail, laissant la marque de mes coups. Puis réclamant à mon tour le silence je mis mon oreille contre la barre d'acier, mais toujours aucune réponse n'arrivait. Résigné, j'allais me relever lorsque mes mains appuyées sur le rail perçurent une vibration.

— Il y a quelque chose ! criai-je.

Aussitôt, Cyril s'approcha et cette fois tapa trois coups, la réponse ne se fit pas attendre, c'est clairement quatre coups qui nous revinrent. Pour être sûr, Cyril frappa deux coups ; trois percussions sourdes, mais claires nous arrivèrent.

— Il y a au moins un survivant ! s'exclama Cyril. Et il connaît le code des mineurs.

C'était la bonne réponse, il fallait ajouter un coup en réponse. Ce code faisait souvent rire les plus jeunes, mais à cet instant il prenait tout son sens, et ce n'était pas terminé.

Cyril frappa trois coups rapprochés qui signifiaient : combien de survivants ? Question qui nous taraudait tous et, dans le silence de la galerie nous avons attendu la réponse avec fébrilité.

Soudain, un coup résonna, puis deux, puis trois… puis le quatrième accueilli par mes compagnons avec des hourras qui se répercutèrent sur les parois.

— Quatre survivants ! criai-je rempli d'espoir. Allez ! on les sort de là.

J'attrapai le marteau piqueur qui me parut léger comme une plume. J'allais m'attaquer au gros bloc de granite lorsque je fus arrêté dans mon élan par le géologue.

— Non Jacek ! Tu n'y arriveras pas par-là, c'est trop dur.

— Par où alors, demandai-je avec impatience.

Pendant que nous cherchions à entrer en contact avec les survivants, le géologue avait fureté un peu partout autour de l'éboulement, donnant de-ci, de-là de petits coups de marteau qui arrachaient des morceaux de roche.

— On peut creuser une galerie parallèle à cet endroit, la roche est calcaire, très friable.

— D'accord ! m'écriai-je en approchant le marteau piqueur que je n'avais pas lâché.

Le géologue s'approcha de moi et me saisit par les épaules.

— Jacek ! utilise ta cervelle avant tes muscles ! m'ordonna-t-il. Je sais que ton père est coincé là-dedans, mais il faut réfléchir avant d'agir, sinon on est tous condamnés, la mine va nous tomber dessus.

Ses paroles me firent l'effet d'un électrochoc, je compris qu'il fallait que je me calme et que je fasse confiance à mes camarades.

— Bon ! Il faudra creuser doucement, et étayer au fur et à mesure sur les trois côtés. On aura peut-être une chance de les rejoindre si l'éboulement n'est pas trop étendu.

Chacun sut ce qu'il avait à faire. Un groupe partit rechercher des étais, un autre des berlines vides pour évacuer les gravats, deux autres remontèrent à la surface pour donner les dernières informations et ramener, victuailles, eau et bouteilles d'air comprimé.

Cyril frappa deux coups lents et deux coups rapprochés, c'était le code pour : « on tente de vous rejoindre ».

*

Les heures passaient, et la galerie parallèle avançait lentement. Le géologue nous imposait une sécurité maximale. À tour de rôle on magnait le marteau piqueur, la pelle, les berlines pleines. D'autres volontaires étaient venus nous prêter main-forte, même l'ingénieur adjoint était là pour superviser l'opération.

J'étais au marteau-piqueur, je déchirais la roche friable avec entrain et j'avançais bien. Sauf qu'une nouvelle fois, j'avais oublié les consignes de sécurité du géologue et un craquement sourd éclata dans la petite galerie faisant ébouler un bon mètre de l'excavation. Je ne dus mon salut qu'au réflexe de Cyril qui se trouvait par bonheur juste derrière moi et qui m'extirpa sans ménagement par la ceinture de mon pantalon.

L'endroit était exigu et nous avions, Cyril et moi accroché notre fil de lampe, si bien que nous étions tous les deux le cul par terre dans le noir. Cyril était furieux.

— T'écoutes pas ce qu'on te dit, Jacek, t'as failli nous tuer.

— Ça va là-dedans, cria un camarade.

— Ouais ! c'est le gamin, il a fait une connerie.

Alors que j'allais me relever pour réparer ma bêtise, je vis au fond de la petite galerie, là où l'éboulement avait eu lieu, une faible lueur filtrer par un trou, pas plus grand qu'une bille. Cyril l'aperçut aussi.

— On les voit ! cria Cyril.

— Dépêchez-vous l'air commence à manquer, dit une voix à peine audible.

Quant à moi, je restai bouche bée, on y était arrivés. D'un seul coup, toute la tension retomba et assis sur le sol je ne sus quoi faire. C'est encore Cyril qui me sortit de ma torpeur et m'entraîna vers l'entrée de notre galerie improvisée.

Aussitôt, d'autres mineurs entrèrent avec des étais et en quelques minutes la galerie fut sécurisée. Les gravats de mon éboulement furent évacués laissant le passage aux survivants. J'attendais avec angoisse à l'entrée de notre tunnel, lampe à la main. Trois compagnons qui sortirent en premier, puis d'un seul coup je le vis, le visage émacié, couvert de poussière de charbon se tenant le bras.

Je bondis vers lui pour le soutenir, prétexte pour le prendre dans mes bras.

— Tu m'as foutu les jetons, lui soufflai-je.

— Oui moi aussi j'ai eu peur, me répondit-il.

— Ça va ton bras ?

— Ça fait un mal de chien, il doit être cassé.

Je n'ai jamais été aussi heureux de ma vie, mon père était sorti de cet enfer et c'est tout ce qui comptait pour le moment. J'avais vingt ans et je pensais être un homme, mais je me rendis compte que j'avais encore besoin de lui, de sa présence bienveillante et de ses conseils.

Dans la cage qui nous remontait à l'air libre, les visages harassés affichaient des sourires radieux. Nous étions tous fiers de ce que nous avions fait pour nos camarades, car eux en auraient fait autant ; c'est cela être mineur.

Arrivés à la surface, ce sont les familles qui nous accueillirent avec enthousiasme et soulagement. Ma mère prit mon père dans ses bras, de grosses larmes de joie coulaient sur ses joues blanchies par le froid. Elle non plus n'était pas du genre à faire des démonstrations affectives, mais à cet instant je vis tout l'amour qu'elle avait pour lui.

Elle m'attrapa par le cou et me serra contre elle, je ressentai aussi ce besoin irrépressible de les prendre tous les deux dans mes bras.

— Mon fils… me dit-elle dans un sanglot plein d'amour.

Puis vint le temps des questions. Lorsque les corps meurtris furent soignés, Gaston Benard en personne interrogea les rescapés.

Ils lui expliquèrent que depuis le début du poste, ils avaient ressenti de légères secousses, puis d'un seul coup toute la mine avait tremblé à deux reprises. Des étais avaient lâché, et l'éboulement de quelques tonnes de roche les avait coincés en fond de taille.

Le grisou et la poussière n'étaient donc pas responsables, seulement la terre qui nous rappelle de temps à autre que c'est elle qui commande.

Quelques semaines plus tard, le travail reprit, comme si chacun de nous voulait oublier cet accident. Mon père m'avoua qu'il s'était résigné à une mort qui le prendrait pendant un sommeil carbonique.

— Il y a plus violent comme mort, affirma-t-il.

C'était plutôt une immense mélancolie qui l'avait envahi, à l'idée de ne plus revoir sa famille, ses amis et depuis ce jour il est devenu plus démonstratif, plus enjoué, plus ouvert à la vie. C'est lorsqu'on a manqué perdre quelque chose qu'on en comprend le prix.

La grande roue du chevalet a tourné pendant toutes ces années de bonheur, majestueuse, rassurante. Elle était notre seul lien avec la surface, avec nos familles. Elle était un peu comme une mère qui ramène à elle ses enfants pour les protéger.

Pendant mes jours de repos, je me promenais souvent dans la plaine. De loin, je la voyais tourner à plein régime, elle ramenait les copains à la surface et cette vision me remplissait de joie.

Mais, aujourd'hui est un jour de tristesse, la grande roue donnait ses derniers tours ; terminé la production de charbon, notre pays n'avait plus besoin de nous. Une nouvelle source d'énergie était née ; l'uranium. D'autres mineurs risqueront leur vie pour extraire ce précieux minerai des entrailles de la Terre. Ainsi va la vie, des roues se mettent à tourner, d'autres s'arrêtent.

Je la vis ralentir, puis s'arrêter dans un dernier souffle. De grosses larmes se mirent à couler sur mes joues lorsque toutes les sirènes se mirent à hurler pour lui rendre un dernier hommage.

… à Michel

Remerciements.

Grand merci à Christine Nicomette-Fransoret pour sa relecture efficace et ses conseils pertinents. Merci également à mon éditrice Florence Brichau Prado des éditions KARK de m'avoir fait confiance pour ce petit recueil.

Mais surtout, mes plus tendres pensées vont vers mon épouse Maryse, pour sa relecture mais aussi pour sa patience, ses conseils et ses encouragements. Sans elle, rien ne m'est possible.

Du même auteur

Les chroniques de Badenweiler (Editions Faralonn)
Le rêves de Laura (Editions KARK)
eMajordome (Editions Faralonn)

* 9 7 8 2 4 9 2 2 4 8 1 5 3 *